抹香鲸

余生很长，何必慌张

林熙 著

江苏凤凰文艺出版社
JIANGSU PHOENIX LITERATURE AND ART PUBLISHING, LTD

图书在版编目（CIP）数据

余生很长，何必慌张 / 林熙著.—南京：江苏凤凰文艺出版社，2018.3
（抹香鲸）

ISBN 978-7-5594-1301-7

Ⅰ.①余… Ⅱ.①林… Ⅲ.①散文集—中国—当代
Ⅳ.①I267

中国版本图书馆CIP数据核字（2017）第259343号

书　　名	余生很长，何必慌张
著　　者	林　熙
责任编辑	黄孝阳　王　青
特约编辑	唐　可
出版发行	江苏凤凰文艺出版社
出版社地址	南京市中央路165号，邮编：210009
出版社网址	http://www.jswenyi.com
印　　刷	天津盛辉印刷有限公司
开　　本	880×1230毫米 1/32
印　　张	8.5
字　　数	230千字
版　　次	2018年3月第1版　2018年4月第2次印刷
标准书号	ISBN 978-7-5594-1301-7
定　　价	39.80元

自序

余生很长，何必慌张

北京的天降温特别快，还没有享受几天秋天的生活，就进入了冬天。

此时此刻，我满脑子是编辑交代我的任务，她说：你的新书都准备完成了，你给大家写个前序和后记吧。

我裹着毯子，一边抱怨为什么北京还不开暖气，一边在想，原来真的快出书了，在我30岁以前。

突然间就觉得，一切可真美好，我们每个人都在有限的时间里一刻不停地向前走着，完成着每一个梦想。

是什么时候开始喜欢上写东西的呢，大概是在我初中的时候吧，2002年，那时候的我们对待感情还是比较腼腆的，学校禁止男女生之间太亲密，不允许男女生做同桌，放学后偷偷摸摸在操场牵手散步的，被老师抓到会通知家长、通报批评，偶尔有放学路上一起骑车回家的，也总是两个人一前一后。

那时候的我喜欢上一个女生，做过最多的事情大概就是每年她生日那天都故意最后一个回家，等全班同学都走了以后，去她的课桌里塞上一份礼物。

这样的喜欢，我持续了三年，我了解了她全部的喜好，她的大头贴被我用几根棒棒糖的代价换到手，一直保存在书里。年轻时的喜欢大多总是以不告而终为结局的，我读了很多很多爱情小说，我知道她咳嗽了就是身体不舒服，我知道她眼睛冒星就是喜欢那个娃娃，我知道她说饿了就是想吃零食，我知道她的每一个细节都代表了一个想法。

我想，我大概就是从那时候开始敏感的吧。

从2016年到2017年，不知不觉写公众号已经两年了，这两年里，我很少停更，几乎每天都保持2000字左右的更新，掐指算了算，100多万字了呢，几乎是这本书10倍那么厚。

这两年里，我成长了很多，对我影响最大的，大概就是我有了很多很多的读者，也有了追逐梦想的能力。

2015年的时候，我从一家公司离职，放弃了原先部门主管的工作，说服家里去开了一家公司，不出半年，亏本关门，不死心，学人炒股，碰上股市崩盘，家里给的钱全部亏完。

那时候特别的迷茫，觉得自己离想要的生活真的好远，我想要过一半海角天涯，一半朝九晚五的生活，我想要去全世界美丽的地方看风景，我想要谈一场很浪漫的恋爱。

庆幸的是，生活总是在给了你绝望之后，又给你希望，苦尽甘来这个成语，我终于明白了是什么意思，原以为遥不可及的生活，统统朝着我走来，原以为30岁以前完不成的梦想，如今一一实现了。

很多二十几岁的读者，经常会给我发消息，告诉我，其实生活一点都不善良，为什么失恋那么痛，为什么生活那么难，为什么社交那么复杂。

我说，其实你不用迷茫，你只是在经历生命里的成长，你现在所承受的，将来都会以更好的方式回馈你，你失过的恋，受过的委屈，都是为了成就更好的你。

不要着急，你想要的，只是暂时还没有来到，你要的生活，你要的爱人，你要的朋友，都会慢慢地，一步步朝你走来。

而你，只要耐心地，优雅地，一点点提升自己，然后从容地迎接新生活的到来。

余生真的很长，何必慌张。

目　录

【第1章】你的人生，不是用来讨好别人，而是善待自己

二十岁的时候，我们懵懵懂懂，跌跌撞撞，心里怀着梦想，眼里揣着希望，却总是分不清眼前的路，该走哪一条，辨不明身边的人，会伴我走多久。于是慌张、彷徨、焦虑，学会迎合别人，放低底线，但亲爱的，前路漫漫，风景很美，鸟语花香，而你正值春光，你需要知道，你的人生，不是用来讨好别人，而是善待自己。爱自己，世界也会更爱你。

越没有人爱，越要爱自己 ____ 002

喜欢逃避现实的人，永远都逃不过宿命 ____ 005

不主动的你，把爱情作没了 ____ 009

如果所有人都理解你，那你得普通成什么样子 ____ 013

人品比美貌更重要 ____ 017

为爱情而活的人都是废物 ____ 021

低质量的恋爱比单身更可怕 ____ 025

你的朋友圈不能代表你有多努力 ____ 029

你看到的，只是华丽的表面 ____ 033

如果你害怕失去，就假装自己一无所有 ____ 037

独立挺好的，辛苦点罢了 ____ 043

比失恋更惨的是穷 ____ 047

找一个愿意为你变成熟的男人 ____ 050

残酷的不是穷，是不知道努力 ____ 054

你准备好应付所有的困难了吗？ ____ 058

无论做什么，记得为自己而做 ____ 062

有一个人能去爱，多珍惜 ____ 066

Contents

【第 2 章】我们都要认真地年轻，骄傲地生长

年轻的我们，总在抱怨时间易逝，一转眼就从校园踏入社会，一回眸沧海已成桑田。于是步履匆匆、焦躁不安，但亲爱的，余生很长，何必慌张。每一天都撑起明天，每一步都在大步向前，何不享受当下，年轻，就要认认真真，成长，就要骄傲独立，赏朝花晚露，品柔风细雨。

没学会被宠前，不要适应将就 ____ 072

姑娘，你想变成什么样子 ____ 076

你凭什么让别人喜欢你 ____ 080

爱钱没什么不好的 ____ 084

被人宠的时候不要迷失自己 ____ 088

不将就爱情就可以将就生活了吗？ ____ 092

姑娘，为自己而活吧 ____ 096

那些辞职在家当阔太太的女人有多爽 ____ 101

你混得那么差，一定运气不好吧 ____ 105

你不会花钱的样子真让人难过 ____ 109

不要再炫耀你的 LV 了好吗？ ____ 113

你配不上我的善良 ____ 116

二十多岁的你，觉得生活没意思？ ____ 120

一个人，是活得最漂亮的时候 ____ 124

你是否对自己的选择后悔过 ____ 128

失恋后，你也可以过得很好 ____ 132

Contents

【第3章】二十多岁，最不该像大人一样生活

二十出头，渴望过上有车有房升职加薪的生活；刚学走路，渴望能够跨越山河步履如飞。你的焦虑，让你眼神里的蓬勃朝气被疲累代替，让你上扬的嘴角被重担压垮，你还年轻，为什么要让自己过得如此艰难？二十多岁，最不该像大人一样生活，我们唯一需要做的，就是成为更好的自己，好好去过这一生。

长得漂亮，不如活得漂亮 ____ 138

女生就是要精神上的富养 ____ 142

我还是很喜欢你，但我会像戒烟一样戒掉你 ____ 145

人为什么要结婚 ____ 149

欲望是前进的最好动力 ____ 153

请你经济独立，爱情独立，这样我才能娶你 ____ 157

抱歉，你炫耀的样子没有引起我的注意 ____ 161

我把自己养那么贵，不是为了让你教我省钱的 ____ 166

和三观不合的人在一起有多累 ____ 170

我不找你的时候，都是在忍着不找你 ____ 174

谢谢，你懂我的言不由衷 ____ 178

抱歉，我很酷，所以不想为难自己 ____ 182

我这都是为你好，呵呵 ____ 186

讲真，不回微信就别发朋友圈了 ____ 190

女生越懂事，活得越累 ____ 194

你可以发个两块钱红包给我吗？ ____ 198

Contents

【第 4 章】用与世界和解的态度，过随遇而安的生活

你还在慌里慌张、匆匆忙忙？怕爱情从手里溜走？怕生活次于旁人？怕人生黯淡无光？亲爱的，余生很长，世界很大，总有一个人，是你的独一无二。好好爱自己，无须逞强、不必失望，用与世界和解的态度，过随遇而安的生活，要知道你正值春光，别错过年轻的疯狂。当你学会爱自己，懂得了成长，那么你想要的都会大步向你奔来，从此爱情温软，余生温暖。

我大概是得了恋爱恐惧症 ____ 204
你独立的样子看上去好难追 ____ 208
遇上这样的男人，请你躲远点吧 ____ 213
可是我怀孕了啊 ____ 218
关于感情，你必须学会放手 ____ 222
假如我的记忆只有七秒，我仍不想忘了你 ____ 226
不想很酷，只想暴富 ____ 230
撒娇男人更可爱 ____ 234
起床失败？减肥失败？拖延症有毒？ ____ 238
在有限的生命里做一个有趣的人 ____ 243
关于坚持，我想等等再放弃 ____ 246
是的，我也会面对失望 ____ 249
原来，你是我最想留住的幸运 ____ 251
余生不用你指教了，我自己一个人过吧 ____ 255
既然还幸运地活着，就要全力以赴地快乐 ____ 259

后记　用自己最舒服的方式，过随心所欲的一生 ____ 263

第1章

你的人生，不是用来讨好别人，而是善待自己

二十岁的时候，我们懵懵懂懂，跌跌撞撞，心里怀着梦想，眼里揣着希望，却总是分不清眼前的路，该走哪一条，辨不明身边的人，会伴我走多久。于是慌张、彷徨、焦虑，学会迎合别人，放低底线，但亲爱的，前路漫漫，风景很美，鸟语花香，而你正值春光，你需要知道，你的人生，不是用来讨好别人，而是善待自己。爱自己，世界也会更爱你。

越没有人爱，越要爱自己

1.

你缺爱吗？

人来人往的时候，没有爱情的滋润你是否会感觉自己就像是行尸走肉般没有灵魂的躯壳。每天重复着三点一线的乏味生活，身边的朋友恋爱的恋爱，结婚的结婚，似乎自己总是落单的那一个。

如果你觉得综上所述都符合的话，我想你大概非常的缺爱。

但是这种心理就好像做买卖，缺爱的你就好像一个迫切的买家，当商家开出高价的时候你因为迫切的需要不得不买，在这样的心理迫使下可能会碰到劣质产品或者性价比并不是那么高的产品。

当你感觉自己非常缺爱的时候，你很有可能会愿意为了爱情舍弃很多，尊严乃至身体。

朋友曾经跟我说起过，她的人生有一段时间非常的缺爱，缺到只要有一个男人向她伸出了手，她就将他当成自己的救命稻草，想跟他走。

因为她以为，只要付出了自己的身体，就能留那个人在身边。

但是现实总是事与愿违，她身边总是人来人往，有人停留过，但是急匆匆地又走了。

她始终不明白，为什么找个喜欢自己，对自己好的人这么难。

2.

爱其实是一件非常讲究分寸的事情，并不是光凭着一腔热血就能成功地去好好爱别人了。

但是自己是否有想过一个问题，你有没有足够爱你自己呢？你为那个人放弃了自我，自己都不爱自己，别人为什么要爱你？

一个不爱自己、完全为别人而活的人会因为缺少独立人格而变得乏味无趣、毫无魅力可言，难以让异性提起兴趣。

有句话叫作“与其找个我爱的，不如找个爱我的”。这说明有很大一部分人还是乐于撇开对方有没有魅力这回事，只要能舒舒服服地享受被爱的感觉就好。那为什么实际上还是有那么多被伴侣全心全意爱着的人最终却心生厌烦呢？

除了恋人，子女对父母总应该不要求他们有多大魅力，只要足够爱自己就好吧？那为什么也有很多被家长无条件宠爱的孩子，最终却不愿跟父母沟通交流，甚至避之唯恐不及呢？

这就归结到了问题的另一方面，你出于爱而给予别人的，根本就不是对方想要的！这种方法错误的爱给得越多，就越会成为对方的枷锁和负担。

为什么会出现这样的情况？因为你没有先学会爱自己，你不知道令人舒服的爱应该是什么样的。

3.

我在经营订阅号的时候，最开心的一件事情就是有读者说自己恋爱了。

让我印象深刻的有个读者，她说自己总是找不到喜欢她并且她也喜欢的人，她时常深夜的时候会找我聊天，她说她很寂寞，自己的月薪5万，根本不需要男人养，感情也就只是图个安稳，为何总是找不到那个人。

我总是会劝她，让她耐心地等待，无聊的时候看看书、健健身，不要因为想谈恋爱而将就。

后来，我收到她的信息说自己找到那个对自己好的人了。

有时候感情会迟到，你需要的是耐心等待，在等待的那个时候你自己也不能闲着，好好地打造自己。

如果你很胖，那就去减肥，不要以为心灵美可以救赎外表，没有外表的话谁看得到你的心灵美?

4.

曾在知乎上看到过这样一个问题：爱自己需要成本吗？爱自己成本太大的时候会不敢爱；成本太小的时候会感觉爱太难。

下面有一个答案说：如果爱自己需要很高的成本的话，那么说明你还不知道什么是爱。

很多人总以为爱自己，是给自己买贵的，吃好的，喝好的，用好的，在物质上满足自己了才是爱自己，其实真正的自爱是精神上的给予。

爱确实需要成本，但是这种成本会激发你的能力，从而让你更好地生存。

假如我们等不到对的人，就趁单身的时候让自己优秀起来，先经营自己，等你足够强大，相应的圈子会主动来吸纳你。“太晚了”可能只是一个借口，属于自己的风景从来不曾错过；不是自己的风景永远只是路过。

不管昨晚你经历了怎样的撕心裂肺，早上醒来这座城市依然车水马龙、人语喧嚣，没有人在意你失去了什么，没有人关心你快不快乐，这个世界不会为了任何人停下前进的步伐。

成长，就是学会在跌跌撞撞中把所有委屈调成静音模式，一个人借故堕落总是不值得原谅的，越是没人爱，就越是要好好爱自己。

喜欢逃避现实的人，永远都逃不过宿命

1.

有一种女生根本不需要独立。

她们从出生开始就头顶皇冠，人长得美，家境又好，既不用担心钱不够用，也不用担心找不到优质的对象。

朋友说这些的时候明显带着一丝嫉妒的味道，29岁的她如今还单身一人，为了逃避现实的烦恼和压力，一个月前辞职去了云南旅游，回来后听说了老家这边父亲一直瞒着自己生病住院的事，家里的开销快支撑不起住院的费用了。

她不敢告诉父母自己裸辞的事实，更没有底气回家，刚还完信用卡的她就连一张回家的飞机票都买不起。

一边关心着父亲的病，一边又想逃避生活带来的压力，她很想成为像小说里那个嫁给霸道总裁的女主角，享受着爱情甜蜜的同时，也接受着男主的生活救济。

可现实总是残酷的，她没有一张美到出众的脸，就连为生活狼狈的模样也和大街上迷茫的人群一样随处可见。

不甘心被生活所累，却又一次次逆来顺受，怪自己天生没有公主命，注定活得像个女汉子。

我问她未来打算怎么办，她憋了半天，说：还能怎么办，喝完这杯酒先问朋友借点钱回趟老家，最好找到一个能养我的男朋友，帮我还清信用卡里欠下的钱。

我笑了笑，说了句祝你好运。回家的时候我在想，这个世界上其实有很多人是拒绝长大的。

2.

记得我有一个老同学，家境比较富裕，从小就习惯了娇生惯养的生活。

当大学毕业的时候，其他的同学都忙着找工作实习、规划未来，而她的生活却是这样的：吃吃喝喝睡睡，家里待腻了就出国玩一圈回来。

后来我那个老同学结了婚，也有了小孩，日子照样过得像阔太太一样很奢侈。直到有一天，她家的经济情况出了点问题正面临破产，老公又出了轨要和她闹离婚，面对生活上突如其来的种种变故，她不知道该如何应对。

很多人都会以为，那些没钱了的富二代最终会过上普通人一般打拼的生活，可我的那位老同学依然活得很奢侈，刷卡买包、买鞋、出入高档场所，看上去丝毫没有变化。

有个和她关系比较要好的女同学有一天忍不住和我说，她们家其实早就破产了，到处向银行贷款借钱，而且她和那个男的已经离婚了，现在搬到父母家住，天天没事在家靠酒精麻痹自己。

我问，那她不工作或者做点别的吗，小孩子怎么办。

同学说，去工作？一个月为了几千块钱的收入每天朝九晚五地上下班她会愿意？恐怕还在阔太太的梦里没醒来。

我想，人生就是有许许多多的意外会发生，就像你紧紧握住的风筝线有一天会断掉，今天说爱你的人或许明天就离开了。

现实生活里突然的一个打击，往往让人沉溺伤痛，不能自拔，可是有些事，注定是逃避不了的。

不管是工作，家庭，还是爱情，有时候你越想要逃避，生活就会越心安理得地给你一个巴掌。

如果你都不勇敢，那么谁替你坚强。

3.

看过电视剧《欢乐颂2》吗？有人说，里面最让人心疼的就是樊胜美。

樊胜美家里有个瘫痪需要人照顾的父亲，还有个经常惹是生非的哥哥，更奇葩的是这一家大小所有的生活压力都统统抛给了樊胜美。

她既要养活一家大小，又要疲于家务活，而这个像吸血鬼般的家庭完全不顾及樊胜美的艰难处境。

就算樊胜美有张漂亮的脸蛋，可到了31岁依然没有男人敢娶她。

和其他姐妹们相比，她的人生设定简直就是最惨的那一个。

但是她并没有因此妥协，一个人在大城市里孤身打拼，为了工作饭桌上拼酒，受了委屈也往肚子里头咽，擦干了眼泪告诉自己要坚强，坚信生活会一天天地好起来。

她也终于等到了那个心疼她，一心一意爱她，也不介意她家庭的王柏川。

在微博上看到过这样一句话：命运要你成长的时候总会安排一些让你不顺心的人或事刺激你。

成长是一个痛苦的过程，但人如果想要活得好，就不能拒绝成长。逃避，胆怯，停滞不前，只会将你困在一个隐形的深渊里，被动地接受着命运的摆弄。

喜欢逃避现实的人，永远都逃不过宿命。

4.

有人问我，林熙，实在扛不过来的时候该怎么办？

不要焦虑，等宣泄过后再去面对吧，因为早晚有一天，你会从容应对这一切，你会过得比现在要好很多。

因为在那一天，你已经熬过了所有苦难，变得更加独立和优秀。

还记得你第一天上班时窘迫的样子吗，什么都不懂，什么都不会，总觉得压力大到随时都要崩溃。可是渐渐地，你不也学会了如何在工作中缓解压力，去应对那些棘手的事情吗？

所以啊，只要你肯付出，肯面对，你的生活总会发生一些微妙的改变。你也许会从一个胆小怕事的小女生渐渐蜕变成一个走南闯北的女侠；从一个落魄的失业女青年慢慢进化成一个肯为事业奔波劳碌的女强人；从一个自卑、软弱的loser逐渐变得自信强大。

如果你选择了逃避，那么就算你躲过了这些天，心里舒坦了，开心了，可是你总有那么一天要面对现实，它会把之前的痛苦原原本本地放大好几倍还给你，随即而来的还有一种巨大的落差感。

有的人或许天生就拥有得多，有的人或许从出生开始就注定输在同一起跑线上。但，真正的较量永远取决于面对命运时的态度。

所以啊，别再站在原地傻傻不动了，试着去做些什么，不要再天真地奢求谁会拯救你，试着勇敢一点，说不定转角就是晴天。

一个女人活得最好的状态是拥有那份骄傲和自我肯定。

我相信总有一天，你会为了自己的勇敢而骄傲，为自己的独立而鼓掌。

不主动的你，把爱情作没了

1.

听过一句话：爱情里主动的必须是男人，如果这个男人不主动，宁愿错过。

男生主动已然是一种常态，而女生呢，永远只是被动地接受、等待。

昨天和好朋友小北打了好久的电话，也帮她分析了很多关于感情上的问题，也许是在电话里聊得不够尽兴，总想着能够见上一面。

我是个爱听故事的人，也是个喜欢把故事分享给大家的人。所以我特意从南京赶到了北京，只为了听她的故事。

她和我说，哟，林熙，你终于浪够啦，舍得来北京和我喝酒，听我讲故事了？我可是准备好今天晚上把你灌醉的。

我笑了笑说，这酒随时可以有，但这故事呢，我可是专程过来找你听故事的。

小北说，好像每一个女生面对爱情的时候，都会变成小女孩，就算看过再多的书，帮人分析过再多的问题，还是过不去自己那一关。

在我的印象里，小北一直都是一个十分理性，有认知，对待感情成熟的女性，她每天都要帮那么多人分析情感问题，替人出谋划策，可没想到，她在爱情里就是一个小女孩，会作，会闹，会没有安全感，还是一个戏精，整天沉迷在自己的内心世界里，给爱情做了一万种假设，可就是不会在现实中主动。

听过一句话吗？越喜欢你，就越不敢联系你，因为讨厌你不回我消息时那种焦虑无助的心情。

小北说，去年九月的时候，她谈过一段恋爱，可在一起短短两个月就分开了，因为在爱情里她太不主动了，这让对方感觉到很累，所以就提出了分手。

我说，其实所有的感情都是需要互动的，哪怕其中一方再喜欢，可主动得久了还迟迟得不到回应，也会感觉到累，感觉到爱不下去了。

我也曾经很爱过一个人，爱了足足三年，可最后还是放下了。

2.

我和小北坐在咖啡厅里聊天的时候，外面还是那么热闹，我看着路灯慢慢点亮，不断有人从我们身边经过，离开。

我突然在想，如果你不争取的话，可能每个人都会从你的身边离开。

我和小北说，其实当你喜欢一个人时，还是应该勇敢一点。我之前写过一篇文章《会主动的男人，简直是生命之光》，我鼓励男人在爱情里主动，可爱情是两个人的事，如果你害怕对方不回你的信息，这本身就是一种示弱。

小北说，去年那段感情结束以后，她又遇到过一个很喜欢的人，但是最终还是没能走下去。因为当时我和他都是空窗期，我害怕我们之间的喜欢不纯粹，在一起，可能只是因为大家都孤独。

在那段喜欢里，我还是做不到主动，我的内心想法实在太多了，我会按照自己心里的想法走。我会想，他喜欢我，可能只是因为彼此刚好单身；他喜欢我，可能只是喜欢我的身份，我的光环；他喜欢我，可能只是随便撩一下的。

我说，但是你从来没有想过，他喜欢你，自然就是喜欢你的一切，喜欢你的声音，喜欢你笑起来的样子，喜欢你的身份，你的光环，他就是真真实实地喜欢你。

但是，你最终还是把他也作没了。

小北说，林熙，就像你说的，其实回头想想，他是真的喜欢我的，也真心对我好过，可我犹豫不决的内心再一次让我失去了一段感情。

3.

在我写公众号的这些时间里，我发现女生确实会比男生多想，她们不像男生，可以轻易喜欢上，也可以轻易放下。她们很难开始一段感情，等开始了又很难接受分开。因为她们敏感，多心，又特别没有安全感，所以她们想法很多，又不敢轻易开始。

前段时间看了电视剧《漂洋过海来看你》，其中对严晓秋印象特别深，她爱上了本该给她幸福的男生以后，变得特别敏感，因为内心始终在动摇，所以两个人迟迟没能走到一起。

她总是怀疑男生是不是真的爱她，担心他爱的是她的妹妹，她也总是质疑自己和他是否真的合适。

好不容易走到了一起，又因为一个误会毅然决定离开，连一个解释的机会都不给对方。

最终她不仅作没了自己的爱情，还葬送了自己的生命。

很多人说，其实严晓秋才是这部电视剧里最让人心疼的女生，可其实她如果能勇敢一点，她会比任何人都幸福。

4.

在我准备离开咖啡厅回酒店写稿的时候，小北和我说，她最近又喜欢上了一个男生，他特别的优秀，也对她很好。

他们在工作上有合作的机会，他们在生活中有共同的爱好，一切的一切都显得很搭。

这一次她不准备想那么多了，如果那个男生能主动约她的话，她也一定主动给予回应，她不想因为犹豫再次错过了感情。

在感情里，我们最怕的是什么，那就是当我好不容易鼓起勇气喜欢上一个人以后，却发现，他已经离开了。

小北说，一个女生真的不应该想太多，内心戏太足，会错过对的人。做一个纯粹一点的人吧，喜欢就是喜欢，想他的时候，就主动联系他，其实很简单的。

是啊，不要再用自己自以为正确的方式去爱了，会把感情作没的。也许只有当你主动了，你才能从被动者的身份里解脱出来，才能摆脱那些胡思乱想，去真正地掌握这段感情的节奏。

希望下一段感情，你能做一个纯粹一点的姑娘。

主动去爱，主动去拥抱。

如果所有人都理解你，那你得普通成什么样子

1.

不被人理解的时候你会怎样？

是声嘶力竭地辩解，据理力争说出所以然为止；还是表面波澜不惊，但是心中黯然神伤。

我属于后者。

记得以前读书的时候班长经常会组织同学之间的互动活动，而我经常会推辞说有事不能参加，久而久之有一天突然被传说我高冷脾气差。

一脸蒙逼。

后来经营订阅号以后，我经常独来独往，一个人看电影，一个人去旅游，然后有人说我脑子有病。

二脸蒙逼。

后来到了适婚的年龄我还一直单身一个人，越来越多的人开始怀疑我的性取向。

三脸蒙逼。

2.

我们听到的最多的一句误解是什么？

“你怎么还不结婚，是不是没人要？”

嗯，是的，一旦到了一定的年龄之后，只要没有结婚，就会被那些局外人以为你一定是没人要。

朋友已经到了适婚的年龄，但是八字还是没有一撇。

听说她原来有个很相爱的男友，两人在一起两年，而且也已经领了证。

正在筹备酒席的时候，我那个朋友偶然一次机会发现了男方的手机里有他和其他女生的暧昧信息。

男方当时一口否认了跟这个女生的关系，但是女生这种动物一旦发现蛛丝马迹就好像福尔摩斯附体一样会一直深究到底，她去查了男方的开房记录。

然后就跟所有电视剧故事的剧情发展一样，朋友发现男方上段时间说出差三天，原来在当地的酒店开了三天的房间。

当时家人劝她都领了证了就算了，过日子嘛，女人就是要能忍。

但是她还是毅然地选择了离婚，她说从那次以后过年的时候都会找借口去旅游，因为如果不出门的话。很多亲戚会在背后指责她太把婚姻当儿戏。

是的，总是会有人无法理解你所坚持的那些感情原则。

3.

我记得我受到最大的误解就是在做公众号之后。

我辞去了公司小领导的职位，转身投入一个大家都相对陌生的行业。当时那个岗位是很有升职空间的，而且我们的老总也是非常地看好我，但是我还是一意孤行地辞职了。原因很简单，我只是想追求自己的梦想而已。

在很多人眼里，梦想是一个很缥缈不接地气的存在，拥有梦想的人就好像一个沿街乞讨的流浪歌手一样。

那个时候有很多人说：“他做订阅号，每天写写字，不务正业，一看就是没出息的人。”

有些时候人最好笑的就是，在没有了解之前就喜欢根据自己的思维模式随意给你下了个定论。

一听到你要去创业，就感觉你随后一定马上就要饿死。

还好我当初坚持了下来，不被人理解的时候，只需要安静地用行动证明自己就好，行动是堵住悠悠众口最好的利器。

4.

在朋友圈看到这样一条动态，是一个年长我很多的姐姐发的。

她说：很多时候我做了很多不被理解、不被看好的事情，不是因为我傻，我只是不想将来后悔；人生从来没有回头路，每个人看问题的角度不同，不要将自己的意愿强压在他人头上。

她辞掉了年薪20万的银行工作，自己去创业，她说她想做让自己开心的事情。

她今年三十多岁了，还是单身一个人，家人给她介绍过很多条件很好的对象，但是她都不满意，她说她一定要跟合拍的人在一起。

我有时候会问她你后悔吗？

她说：我只知道，如果我顺从地接受别人给我安排的生活方式的话，我一定会后悔的。

5.

也不知道从什么时候开始，好看的女生身边站个长相不起眼的男生，就一定会被说女生是贪图男生的钱。

但是你怎么知道他们不是因为真爱呢，其实可能这个女生比这个男的还有钱？

一个长相精致的女生只要开着跑车就一定会被当成二奶。

你怎么知道这辆车子就不是她通过自己努力赚钱获得的呢？

你化了个妆发了张自拍照，别人会说你勾引男人。

有时候化个妆拍个照只是为了自我欣赏，她们可能只是为了让自己喜欢的人看见了能够点个赞，不喜勿喷。

你今天车子突然爆胎了，就晒了张图发了张心情，别人会说你是在晒车。

一张非常普通的朋友圈照片在有些人的眼中就成了炫富了。

你离职后在家住了几天时间，就会有人说你只是个花家长钱的败家子。

其实在家住着的那几天花费的都是往年的积蓄，而且你每个月还在风雨无阻地打钱给父母。

生活中总是会有这么一些人来指责你的行为，原因只是你跟他们不一样了。

你不理解我没关系，等我强大的时候，你自然就会明白。

每个人都是独立的个体，如果所有的人都能够理解你，那你得普通成什么样？

人品比美貌更重要

1.

某一天我去参加了高中同学的聚会，在聚会中聊到了对高中谁的印象最深刻。

有个女生提到了小静，听到这个名字的时候我很惊讶，因为她在我眼中实在太过安静无闻，是最容易被人遗忘的类型。

但是我却知道是为什么，因为她细节上的涵养征服了那位女生。

高中住宿的时候，我相信都会遇到这样的问题：冬天因为太冷总会把门窗紧闭，但是一有人进出，房门就会“嘭”的发出很大的声响；虽然停下轻声关门只要不到一分钟的时间，但就是没人愿意停住脚步。

那位女生说，有天她坐在床头看书，刚巧看见小静进来，她进门后并没有直接走，而是转身轻轻地合上门。

后来她才发现原来她每次都会轻轻关门。

还有与人合照的时候，小静都会一一询问每个女生是否对照片中的自己感到满意，如果不满意的话她会帮对方P图，直到全部满意为止。

这种尊重，其实并不容易。

能够做到每次都随手轻声关门，并且合照的时候照顾别人的感受，我想，已经成为她的习惯，成为她骨子里的涵养了。

女生说，她这人对所有细微的事都如此，虽是小事，她却往往能做得令人敬佩。

拉椅子的时候不会像别人一样发出刺耳的声音；

洗完头发之后会把洗漱台清理干净；

撑伞会自然倾向另一人那一边；

对每一个服务员说谢谢；

诸如此类，多不胜数。

很多事情都是这样：我知道做一件事情可能会让你便利，让你心情愉悦，但我不做可能你也没有损失，而且更便于自己，那我还有什么非做不可的理由吗？何况更多时候你做了却连一句谢谢都没办法得到。

但往往就是这么一些细微小事更能考验出一个人的修养。

2.

我以前开过公司一段时间，刚开始创业的时候需要人，因此组织了不少的面试。

其中有个女生让我印象深刻。

她很漂亮，面容姣好，身材气质也很棒，刚来面试的时候说话谈吐还算礼貌客气。

然后我们简单地聊了聊，都是些很基础的对话，在什么地方上大学，大学有什么样的经历，对工作有什么样的要求，面试非常礼貌且有条不紊地进行着。

说实话，漂亮的女生在面试中的入职率是颇高的，我刚在心中默默敲定了这个女生的时候，有件事情影响了我对她的看法。

我的公司每周一都会叫个阿姨来打扫公司卫生，擦擦玻璃、扫扫地之类的，姑娘离开的时候正好遇上阿姨在会客室门口拖地。可能阿姨没有留意到有人从里面出来，正好拖把有点用力水渍溅了起来，溅到了姑娘的鞋。

因为会客室是百叶窗的设计，里面看得见外面的状况而外面看不见里面，只见那个女生瞬间将脸垮了下来说了句：哎呀，你怎么回事，我这双鞋子可是刚买的，要1000多块钱啊，你拖地没长眼睛啊？

阿姨一脸愧疚地跟她道了歉，这个女生看看周围有同事正好经过就一脸不愉快，骂骂咧咧地走了。

我很难想象，一个长相如此秀气的女生居然是个如此市侩的人。

我很可惜如此漂亮的姑娘居然有着一颗狭小的心，有时候一个人的品格比她的美貌要来的重要。

人是会被细节出卖的。

3.

我一直坚信的一个理念就是，人格高尚的人会因此收获很多东西。

记得以前有听到过一个亿万富翁爱上乡村农妇的故事。57岁的西班牙华侨姚南山，拥有亿万资产，不仅在西班牙有餐厅和游泳场，在国内也有六七套房产。

可就是这样一个人，却爱上了一个浙江农妇。

原来，一次姚南山在浙江云和县旅游，错过末班车，便借宿在农妇刘丽娟家。刘丽娟有着大山人家里特有的淳朴善良，姚南山一见就被她的热情淳朴所打动，机缘巧合之下竟然爱上了她。在遇到刘丽娟之前，姚南山虽然有钱，却并没有感到日子有多快乐，遇到她之后，他才感到自己的人生终于有了圆满。

姚南山那么有钱，为什么不去找那些又年轻又漂亮的美女，却选择一个上了年纪的山里农妇呢？

是刘丽娟的人品和心灵打动了他。在姚南山眼里，长得好的女人太多太普通，而人这一生，最难找到的便是那个心灵与自己契合的人，就算再有钱，也买不到。

人品好的女人就像一本好书、好酒，让人越品越有滋味。

而人品不好的女人就好像一颗过期的糖，虽然包装精美，但是一口下去却是苦味的。

外表再美但是内心黑暗的人，也只是徒有虚表。

为爱情而活的人都是废物

1.

做公众号时间久了之后，后台总是会收到形形色色的读者留言。

有人说：男朋友来找我过纪念日，回程车上他钱包丢了，他又冲我发脾气，认为就是因为来找我他钱包才丢的。我俩相隔一百公里，他刚毕业没工作，爸妈让他考公务员，于是一直在家啃老，我上班。很多次都是我过去找他，夜晚下班坐车过去，早上四点半起床再回来上班，我们在一起200天，几乎都是我去找的他。今天上午他拉黑了我电话。在他身上我受了非常非常非常深刻的伤害和无数次的失望，为什么女生总是好了伤疤忘了疼。

也有人说：跟男朋友快要结婚了，但是婚后可能就要跟他异地生活了，因为他希望我能够多赚点钱把婚房换得更大些。有时候我经常会问自己，他到底是因为爱我跟我结婚还是因为结婚才结婚，因为他几乎很少考虑我的感受。上段时间我怀孕了不小心摔了跤，他知道后第一句问我的不是我有没有事情，而是孩子有没有事情。我在纠结要不要跟他继续下去。

有时候收到这些留言的时候也会随之而来一股揪心。

为什么你总是遇不到对你好的人？

为什么你这么用力地去爱反而没有得到相应的回报？

很多人都说着付出总有回报的大道理，但是这个社会的规则没有绝对的平衡，付出跟收获终究成不了正比。

2.

说一个我的朋友悠悠的故事给大家。悠悠学的是空姐专业，因为颜好，个儿高，在实习的时候也是出类拔萃，资质好且肯努力，所以很受人事的青睐。人事就考虑让悠悠毕业后在他们公司继续任职空姐。

她当时所在的单位是海航，海航的空姐工资算是挺高的，在众多毕业生中，悠悠的起跑线算是比其他人都相对更高些。

有次晚上我突然接到悠悠的电话，我一接起她就跟我说：林熙，我不想毕业后做空姐。

我笑了笑耐心地说：你学的专业就是空姐，不做空姐的话你这四年的书不是白读了，在这种人生大事的时候别闹情绪。

她说：空姐的工作时间太不稳定，会影响我跟男友的感情，我想做个普通的办公室白领，工作稳定，跟我男朋友一起有一个不大的房子就够了，每天朝九晚五，下班后一起去买菜，过那种一年二人三餐四季稳定的生活。

恋爱中的女生都是迷茫的，会对爱情生活充满了无数的自以为的美好想象，有时候我能理解女生那种为了爱情自我牺牲的精神，但是理解并不代表支持。

我说：你还未毕业就为男朋友放弃自己的前程，男朋友真的会领情吗？

悠悠说：对，所以我会去找些相对稳定的工作的，能一直干下去，学一份其他的技能，钱够用就好了，我不想让自己为钱奔波。

“什么叫为钱奔波？你现在学校刚毕业就图稳定，连社会你都还没步入就开始稳定，稳定也是需要有经济基础的。在年轻的时候通过自己拼搏，把自己的基础打好，五年后，拥有了足够的经验跟积累，这个时候你才有资格谈稳定，你现在所谓的稳定，只是稳定地穷着而已。”

3.

有时候女生会有个固定思维，认为自己在爱情中为对方做着牺牲他一定就会领你的情，但是现实就是，你所以为的牺牲都是你自己主观意识驱使，你根本没有问过对方是否需要你为他做出牺牲。

过了很久以后有天晚上，我刚写完文章打算休息，接到悠悠的电话问我有没有时间聊一聊。

我匆匆地来到外滩，看到她眼眶湿润地喝着威士忌。

悠悠毕业后确实找到了她所谓的稳定工作，确实跟男友过得也很甜蜜。但是好景不长，没干多久因为职场的钩心斗角，她的直属领导调去了其他城市任职，新上任的领导当初就跟她的领导是竞争的对立关系。

自从换了头儿之后，她的绩效就被完全清空不作数，每个月只能拿到基本薪水，拿着最低工资根本无法度日。她辞了职，开始找另外的工作，但是她发现工作这一年她似乎什么收获都没有，看似稳定，但是在找下一份工作的时候她不知道自己能干什么。

面试的时候人事问她你的薪资要求是什么，她答不上话，她虽然有一年的工作经验，但是与普通的毕业生毫无差别。

更悲催的是，这段时间悠悠跟她男友的感情也是危在旦夕。有次悠悠第二天要去一个招聘会，想着打扮一下，就花了368元团购了个烫染套餐，男朋友知道后劈头盖脸的就是一顿火，说她没工作还这么浪费，败家。

悠悠气不打一处来，这个时候男友不心疼安慰她，还埋怨她，她为他放弃了海航的工作，眼前的这个男人居然还说她败家。她当下就后悔了当初的决定，可是为时已晚。

她突然迷茫眼前的这个男人是否爱自己。

4.

我一直认为女人的青春是最宝贵的，与其将这些维系到一个男人身上，还不如强大到让对方离不开你。

一个活得独立、自尊、自爱的女人才能散发出高雅的光彩。新时代的女性，应让自己成为美好生活的创造者。幸福，从来就不是别人给你的，而是靠自己的坚持和努力争取而来的。

当一个女人经济独立时，她对男人的要求也会从平面的审美上升到立体，这是个逐渐发展的过程，因为她离开了任何一个男人，都能活得很好。

这种物质上的从容，让她放慢了对婚姻和爱情的脚步，不再像猴急的大姑娘，拼命想嫁给一口锅，而不管这锅是什么材质。

姑娘，你之所以总是遇人不淑是因为你在爱情中一直降低自己的下限去迎合对方。

最好的爱情观就是：有爱情更好，没有爱情也死不了。

低质量的恋爱比单身更可怕

1.

朋友小暖今年29岁了，单身。

她说比起职场上的挫折，她最尴尬的事情就是每逢亲朋好友聚会，仿佛全世界的人都替她操碎了心，催她赶紧找对象嫁人。

看你时流露出来的同情，似乎你就是一个身患绝症快要死的人。小暖笑了笑说，我这么讲一点都不夸张。

这些年，小暖为了不沦落成“剩女”，马不停蹄地相亲，从25岁一直相到了29岁，也曾强迫过自己和条件不错的几个异性交往。

别人都说谈恋爱是女人最幸福的那段时光，可是对她而言，连和对方牵个手吃个饭看个电影都苦不堪言，她盼着精彩的电影尽快结束，希望吃饭的时候不必绞尽脑汁地挽回一次次冷场，还要企图说服自己“两个人”总比“一个人”要来得好。

但是不断滋生出来的压力和翻江倒海般的厌恶又是怎么回事呢？反倒是下了班，独自躺在床上的那一刻才体会到真正的轻松。

是的，她很想恢复单身。可是每次她这么想的时候，别人总是会斩钉截铁地告诉她，甭管有没有爱情，其实结了婚都一个样，过着柴米油盐酱醋茶的生活，只图老了能互相给彼此做个伴。

小暖说，第一次从别人嘴里听到的婚姻竟然是这么的无趣。既然结婚已经是搭伙过日子了，难道谈恋爱还要委屈自己和一个无趣的人交往吗？

没有共同的爱好，共同的话题，冷冷淡淡的两个人只是为了在适婚的年龄，解决一桩周围人都着急的婚事，这和一场普通的交易有什么区别？

是啊，很多人都因为自己“单身”而焦虑，怕身边的人都结婚了，剩下自己一个人孤苦伶仃地没人陪，可是当你真的选择去将就了一个人的时候，你会发现两个人在一起没话说是多么可怕的一件事。

除了自身的寂寞以外，还要承受两个人在一起时的孤独感。

2.

都说谈恋爱能包治百病，可有的人却偏偏落下了一身疾病。

变得敏感，怀疑，猜忌，自卑，活得像个到处扎人的刺猬。

敏敏就是这样一个女孩，她说她的几段恋情都开始得很突然，原本只是因为无聊就随便谈了个恋爱，等牵了手，接了吻，上了床以后似乎一切都变了。

有些人变得一个月只能碰一次面，大多时间都是隔着屏幕在谈恋爱；有些人只有在深夜的时候约她出来开房，其他时间都是各玩各的；有些人直男癌的思想很严重，你要稍微不顺从他的心意，他就会对你语言攻击。

敏敏说，其实最初想要的也只是陪伴而已，但后来所受到的痛苦却是翻倍的。

特别是在一段不好的感情里，你会不停地在患得患失中挣扎，不断地陷入自我怀疑，会消耗你对生活所有的热情和期待。最后你会发现自己根本就已经不想再爱了。

一段盲目的爱情，结果往往是得不偿失的。

就像很多人即便交往的时间不长，但是所受到的影响却是终身的，不只是那些浪费掉的青春，更重要的是精神上的摧残。

所以啊，为什么要随随便便地去谈一场恋爱，为什么要去将就一段低质量的感情，为什么要一次次地为了一个不值得的人去弄哭自己？

到头来你得到了什么，一段糟心的往事？还是没有这段经历你会比现在活得更好。

姑娘啊，比单身更可怕的是你就此失去了爱的能力。

3.

有的人会问我：林熙，你难道就没有一个人无论如何也坚持不下去的时候吗。

说实话，有。特别是在酒醒后的清晨，被巨大的空虚感侵蚀；在失恋的晚上，孤独地对着电脑敲下每一个矫情的字眼；在人来人往的路边，因为害怕被人群包围而迅速地抽离。

其实我们每个人都害怕寂寞，所以我们才会想要人陪，想要被人爱。

世界纷纷扰扰，来来往往的人那么多，我们难免会累，会很想躲进一个人的怀里，让他为你挡风遮雨。

这些都是人之常情。

可是你要明白孤独是常态，我们真的没必要把自己的每时每刻都交给朋友，交给恋人。

你要学会和自己独处，学会和自己对话，去丰富自己的内心世界，让自己的人格变得更加的独立。

4.

单身真的有那么可怕吗，单身其实一点都不可怕。

朋友说，他经常一个人看电影，一个人去学画画，一个人去外面旅游，一个人去酒吧开了卡座，请上三五个好友喝酒。

一个人无牵无挂，不用攒够了失望再一身伤地离开，你可以偶遇到形形色色的人，喜欢就留下来聊几句，不喜欢就告个别继续走。

也许别人会觉得你寂寞，你孤独。但时间久了，你就习惯了，觉得这样挺好，没有那么多的纷纷扰扰，有的只是淡淡的小确幸。

每个人都会期待爱情，期待那个心目中的他向你走来。只是有时候爱情奢侈得就像天上的星星，可望而不可即。

单身怎么了，没结婚又有问题吗？没有，这些都只是世俗给你制造的假象。

你真的没必要去将就，去妥协，去复制一份大众版的人生。

可怕的永远不是你还单身，而是你的人生贫瘠而又无趣。

你的朋友圈不能代表你有多努力

1.

有次拜访客户回来顺路和几个同事喝下午茶，来到了一家格调很小资的咖啡店，点了几杯咖啡和一些甜点。

等服务员端上来之后，我正想喝一口解渴，没想到却被同事A拦了下来：

你先别喝，我们这都还没拍照呢。

同事B顺口附和道：

对啊对啊，不拍照不发朋友圈都不能证明我来过这里。

同事C已经摆弄起她的自拍神器，并从包里掏出一枚镜子，时不时地整理一下额头前的刘海。

看到这架势，我默默地把端在嘴边的咖啡给放了下来，掏出手机想先刷一会儿朋友圈。

没过多久我就刷到了同事A更新的一条朋友圈：

照片中几杯咖啡搭配一些甜点被精致地摆放在了一起，隐约地露出一角英语杂志，配文是：努力做个懂生活爱读书的精致小女人。

同事B和同事C点赞后，也在朋友圈中晒起了自拍，配文的大概意思是努力地工作、生活，下了班去健身房锻炼。

我抬起了头笑了笑和坐在旁边的同事A说，你也不爱读书吧，更何况还是英文版的。然后和坐在我对面的同事B、同事C说，也没见你们办过什么健身卡，倒是上班经常迟到啊。

同事A朝我翻了下白眼说，哎哟，这是种激励自己的生活方式嘛。其他两位同事纷纷点头表示认同。

回去的时候我在想，现在的朋友圈是不是就是一张活名片，我们为了“好看”总是花心思地去PS自己的生活。

2.

我有一位朋友，她的朋友圈千篇一律的都在传递着正能量，比如每天都去健身房健身，周末去图书馆看书，工作的时候还晒起了桌子上一堆厚厚的文件。

让人不禁感叹道，真是一位认真又肯努力的好姑娘。

有一次，我约这个朋友出来聊天，发现她的身材并没有照片上的那么好，于是就好奇地问：你每天都去健身房锻炼吗？

她愣了一会儿，说，是办过一张卡，不过有大半年没去了吧。你别看我朋友圈，那都是去年我和我同事闲着无聊在跑步机上面跑了十分钟的照片。

我又问：那你还在朋友圈上晒新买的健身服呢。

她惭愧地笑了下说，是啊，我是很认真地准备去健身的，但是去过一次之后就再也不想坚持了，不过我已经比大部分的人都要努力了。

再聊到我最近看到的几本小说的时候，她心不在焉地刷着微博吃力地应付着。我不解地问，看你朋友圈上晒的书，你也应该看过我说的这些小说啊，难道是你还没看完这些书吗？

她尴尬地说，我只是拿这几本小说拍照发朋友圈而已，并没有看过里面的内容，不过那天我真去图书馆了，还待了一下午呢，是不是很厉害啊。

我想，怪不得现在的鸡汤文是越来越廉价了，因为这世界上有一种努力叫作“假努力”。

什么是假努力，就是你出去跑了十分钟的步，硬是觉得自己很努力地在减肥；你一边玩着手机一边复习着功课，硬是觉得自己比其他同学要认真；

你难得加一两天的班，硬是觉得自己工作辛苦，老板不给涨薪天理不容。

你只不过是做了一件微不足道的事，却硬要展现出一副努力向上的模样。

我们所创造的朋友圈有时候只是为了意淫那个“努力”的自己。

3.

每个人都希望自己的生活能像朋友圈里一样精致好看。

就像有的人会深夜发一些励志类的文章，有的人会营造一种积极向上的气氛。

记得之前日本有位模特，看她在社交网络上发的照片和信息，你会觉得她活得又精致又好看。可是在一次综艺活动中，镜头直接曝光了她的私生活，凌乱的卧室找不到一处整洁的地方，一推开门映入眼帘的就是满地的衣服鞋子，摄影师无处下脚。

你无法想象一个人的现实生活和社交网络上的差距能有多大。

然而比这个更可怕的是，很多人仍然沉浸在社交网络中自欺欺人。

今天晒了本书翻了几页就以为自己饱读诗书；看起来每天熬夜却只是玩着手机，还以为自己比谁都过得辛苦；脚还没跨出几步就急着先向全世界宣告自己有多努力。

除了想收获到他人的点赞以外，压根就没有把心思落实到工作和学习上，以至于受到一点挫折就要痛哭流涕、怨天尤人。

抱歉，你的朋友圈根本代表不了你。

4.

真正在生活中努力的人都是默默无闻的。

你会发现那些经常去图书馆的学霸们从来不会因为去图书馆看个书而搞得人尽皆知，在事业上有点成绩的人更不会每天都晒着业务订单花式炫耀。

他们往往很低调也很踏实，也不会矫情地去朋友圈喊一声我有多努力。

自从做公众号以后，我越发地觉得这个圈子里比自己要努力一百倍的人真的是一抓一大把，每天熬夜写稿，跑活动，谈商务的比比皆是。因为每个人都想要争取到最好的成绩，让更多的人能够看到你，认识你。

真正想要努力做好一件事的时候，是不会惧怕它有多困难，更不会因为片刻的努力而自我感动的。

试着放下你的手机，在浮躁的城市里静下心来吧，唯有一步步脚踏实地地走，才能够改变自己，成为你眼中更好的自己。

与其美化朋友圈，不如先从自己身上下手吧。

你看到的，只是华丽的表面

1.

今天一个朋友打电话给我，说她真的怒了。她今天发工资，被扣了400块钱的税，觉得十分心疼，于是就在朋友圈发了一个动态，表示自己被扣钱了，很心疼什么的。

隔了几小时，她忙完工作，打开朋友圈看到留言，整个人瞬间炸了，根本就没有得到什么安慰。

扣税？说明工资很高啊，可以请我吃饭了。

我靠，扣400块钱的税，工资起码1万以上了吧，像我这样的根本就不用扣税。

白富美啊，扣400块钱而已，没什么感觉吧。

土豪，你这是在炫富吗？

朋友说，这些人都是神经病吧，她是真的心疼那400块钱。

她说，400块钱都够她买很多面膜了，为什么不难过。

她说，自己辛辛苦苦起早贪黑，风里来雨里去，一个电话随叫随到，就挣那么点钱，凭什么还要请她们吃饭。

她说，这点工资很高吗，天天晚上加班到半夜，下了班一个女孩子独自回家，不知道有多心酸。有一次还因为加班过头，没有吃饭，犯胃病痛晕在公司。

她就想不明白了，怎么生活中就是有那么多傻子，只是看到你得到了多少，根本不关心你为此付出了多少。

2.

我之前还有一个朋友，过年的时候，请了大半个月的假，去了趟澳洲旅行，一路分享了各种旅行中的照片，我们都十分羡慕，然而总有一些人，他们看到的不是风景，而是关心我这个朋友，为什么她能请那么多天的假，难道她请假是带薪的吗，她的收入有多少，为什么能去澳洲如此挥霍。

我朋友本身只是一个工薪阶层，赚得也不多，也不是公司的重要员工，她看到这些真的觉得很可笑。

要知道，她为了这趟旅行，提前半年就定好了机票、酒店，确定了旅行路线，看好了景点门票。为了能减少开支，她平时省吃俭用，连好看的衣服和包包都不舍得买。

去年一年除了生病实在起不来，她硬是没有休过一天年假，而这次去旅行更是为此扣了半个月的工资，根本就不是什么带薪休假。

千金难买心头爱的故事听过吗？她只是热爱旅行，并且愿意为此付出。别人吃喝玩乐的时候，她只是躲在家里看电视；别人玩得太晚，早上起不来请假在家睡觉的时候，她即使带着感冒也早早爬起来去公司上班；别人不开心去逛街shopping的时候，她只是买张电影票去看一场电影。

其实她只是把别人平时用来潇洒，用来睡觉的时间和金钱积累了下来。

3.

我们身边总会有很多这样的人，在你忙得和狗一样，好不容易空下来买一杯星巴克咖啡喝的时候会说，你好幸福啊，平时上班都有时间喝咖啡。

在你好不容易加了十几天的班，换来一个轮休，去外面逛了下街，看了场电影的时候会说，天哪，你一星期休息几天啊？为什么工作日也那么爽。

在你辛辛苦苦忙了一个月，好不容易从财务那拿到工资，想着总算有钱还房贷的时候会说，兄弟，发钱了啊，这么多，请我吃个饭呗。

对于这些人，我真的很想说，你是傻子吧，你是用肚脐眼看事情的吗，你们休息睡觉的时候他在忙；你们晚上到处花天酒地的时候，他在加班；你们工资下来只要吃吃喝喝就行，他还要还信用卡，还房贷。

4.

我从小到大的一个兄弟，标准富二代，长得帅，家里条件也好。爸爸做官，妈妈从商，从小衣食无忧，毕业后工作也一帆风顺，进事业单位不到几年就快提干了。

圈子里的朋友们都在感慨，他大概是我们这帮人里面各方面条件都最好的了，上天给了他良好的家庭，优越的外貌，好像一切都是那么的不公平。

我和他是从幼儿园开始就认识了，可以说我是除了他老婆以外最最了解他的人，当别人都在羡慕嫉妒时，只有我知道，他的经历到底如何。

小学的时候，他的父母就教育他，要和好学生待在一起，不要和一些“坏学生”做朋友。那个时候我就是传统父母眼中的“坏学生”——不爱学习，好动，不爱听老师的话，所以我后来有一段时间去他家找他玩，都要趁他爸妈不在。

再大一点的时候，他由于父亲工作上的调整，五年级就转学了。后来我陆续知道，他家里为了让他上好一点的初中，还特地找了对应的小学，读完初一，家里又觉得还是不够，帮他安排了我们这儿最好的贵族学校，重新读初一，导致他一直到现在都比我小一级。

他高考前几个月，有一次给我打电话，说他快崩溃了，家庭的压力让他无法面对高考。他说，如果考不上他就完了，他根本无法面对父母期待的眼光。

毕业后，他便被他父亲安排去了事业单位，我们吃饭的时候他经常告诉我，整天一点事都没有，像提前进入了养老生活，他觉得他快废了。

我们眼中的风光，其实只是他父母从小到大为他安排好的路，他没有办法摆脱，包括后来他去相亲，也是家里一手包办的。

5.

其实你们只羡慕别人风光的表面，看不到他们在背后付出的代价和让人心疼的努力。比如你羡慕别人又瘦身材又好，打扮又时尚。可你不知道她们往往为了好身材，需要每天坚持锻炼，餐餐都吃素；为了能让自己更美，她们挤出时间护肤，学着如何化妆来修饰自己。

比如你羡慕别人工资比你高，单位比你好。可是别人英语6级以上，能力比你强，交际比你广。他们通过自己不为人知的努力为自己谋求到了更好的将来。

比如你羡慕那些成功人士，随随便便做个项目开个店都能赚很多钱，但是人家前期创业的时候，比谁压力都大，比谁都艰难，他们默默坚持了那么久都没放弃，才看到了成功。

永远都不要去羡慕别人的生活，那只是因为你还不够努力去过上你想要的生活。

如果你害怕失去，就假装自己一无所有

1.

记得看过一个视频，里面有说，绝大部分即将去世的人最后悔的不是做过什么，而是很多想做的事还没有去做。

喜欢一个人，觉得自己追不上，所以放弃了。

想换一份工作，觉得自己可能无法突破，所以不了了之了。

想要一场说走就走的旅行，觉得无法承受放下一切的代价，所以选择继续加班。

也许去尝试一下，把渴望化作克服困难的动力，结果就会不一样了。就算最后依旧失败了，可至少人生会少了很多的遗憾，至少会比什么都不去做而自怨自艾来得开心。

试想一下，你从一出生，除了父母给你的，你本来就一无所有，那么你还有什么害怕失去的。

2.

好几年前，大学刚毕业，我拒绝了我爸费尽心思给我找的事业单位的工作，决心一定要靠自己闯出一番事业，证明给家里看。

我的第一份工作是在人才网上找的，一家外贸公司，工作内容和我的专业对口，和我同批面试进去的还有七个人。

大概是因为要证明给父母看，即使我不靠家里的关系，也能混得很好。

我在进入职场的第二月就完成了第一笔单子，成了同批实习生中的佼佼者，新人王。

不出三个月，我的业绩就足以和几个老员工相媲美，那时候的我多骄傲啊，觉得自己多厉害啊，大学刚毕业，全公司我年纪最小，但是业绩一点不输别人。

可等到发工资的时候，我就彻底傻眼了，1500的薪水照旧没变，没有多出一分钱，我跑去问财务，我的工资是不是算错了，前几天开会的时候经理不是表扬我，说我这个月业绩不错的吗？

财务告诉我，工资没有算错，实习生计算提成的方式和正式员工不一样，如果有疑问，可以去问经理。

我忍了忍，没有吱声，到了第二个月，我的工资照旧是1500。我没有忍，跑去问经理，为什么我明明业绩都做得不错，却拿不到奖金和提成。

我们经理告诉我，小林，你还年轻，不要计较眼前的得失，这点蝇头小利你在乎它干吗，只要你努力，公司肯定不会亏待你，你好好做，我看好你。

直到此时此刻，我仍旧想说一句，呵呵，去你的看好吧，哪个出来实习的，不是为了工资？难道你以为你是凭着个人魅力，企业文化吸引人的吗？你当你是游乐场吗？

那个时候的我非常绝望，我开始出现一个念头，我是不是不该拒绝我爸给我安排的工作，1500真的太少了，少到我身边的几个富二代朋友喊我去酒吧泡妞，说AA，人均500，我吓到很长一段时间不敢和他们联系。

我问公司的老员工，经理一个月的工资是多少，他告诉我说，大概是8k左右。我听完更绝望了，第二天我递了辞职信。

3.

辞职以后，我不敢告诉家里，我怕他们会骂我，我更怕他们会说，当初你爸求了多少人给你找了一份那么好的工作，你不去，非要自己闯，现在知道错了吧？

我不是不敢面对现实，只是不想让自己在二十几岁的时候就对未来失去希望。

那段时间，我疯狂地在网上找工作，家里待不了，我就拿着上班的借口去网吧，最穷的时候，一天只吃了两个包子，一杯白开水。

后来，国家取消了报关员资格证，我去了一家报关公司上班。

我花了一年的时间学会了所有报关相关的技能，又花了一年的时间帮助公司从一家海关认证的B类企业升到了A类企业。

老板开心之余，我也顺利当上了公司部门主管，上下班不用打卡，请假不用签字，迟到早退也不用扣钱。

那时候的我才25岁不到，月薪上万，工作时间自由，休假自我调配。和朋友泡吧，再也不用担心付不起那几百块钱，偶尔还能请次客。

那样的状态维持了半年，直到我和父母去欧洲旅行，回来之后，我辞职了。

因为月薪1万太少了，少到你在巴黎春天（全球连锁的高档同名卖场和奢侈品品牌）连个最便宜的包都买不起，而身边那些大妈们，买包就和买菜一样，看中就刷卡。

我突然意识到，我照旧一无所有。

4.

从欧洲回来以后，我问我妈要了一笔钱，说要创业，我妈给了我10万。

公司房租，办公器材，装修等成本我花去了5万，开工前一周，我请了几位认识很久的老板吃饭，希望从他们手中拿到几笔单子。

吃饭，喝酒，KTV，夜宵，一个星期，我轮番请了6位老板娱乐，花去近三万，我到现在都记得，那些老板们是如何在KTV，一手搂着漂亮姑娘，一手拉着我说，林总，你放心，我明天就叫底下的人和你联系，你开公司我肯定支持。

事实是，直到我的公司倒闭，我都没有在他们手中接到过一笔单子。那时候的我，才真正意识到，这个社会是要吃人的，你以为你是谁，你只不过是一个刚踏入社会什么都不懂的小年轻，你以为你学着别人做生意，请人吃个饭，唱个歌生意就来了。凭什么？你能给他们带来利益，还是你的家庭背景能让他们对你特别关照？

统统都不是，你只是天真地以为一切就应该如你所想般。再后来，关了公司以后我拿着剩下的钱去炒股，那是股票涨得最好的时候。

而我进去不到一个星期，股市开始暴跌，我亏到血本无归。我一度怀疑自己就像一个废物，什么都做不成，只会吹牛说自己一定能行，结果就是我不到一年，亏光了10万元。

那个时候的我，第一次对自己产生了怀疑，我开始动摇，是不是真的应该面对现实了。

5.

我对我妈说，我什么都不想做了，你让我爸给我找份工作吧，我认命了。

我妈说，你亏的钱你爸没有骂你，还私底下和我说，让我不要去责备你，更不要给你压力。

那是我长大以后第一次在我妈面前哭，我庆幸我有这样一个支持我，理解我的家庭，我庆幸在我即将放弃的时候，有人拉了我一把。

你们说，这是多么让人无语的人生啊，我经历了多少次的改变，又承受了多少次的打击。直到如今，我想告诉很多人，永远不要放弃对生活的追求。

经历过那么多次的一无所有以后，我重新开始找工作，我不想回头去找老本行的工作，固然那也许是最轻松、来钱最快的，但是我坚定地告诉自己：No！And Never！

一次偶然的机会，朋友给我介绍了一份新媒体文案的工作，问我有没有写作的天赋，我说，我读书的时候，感情受挫，会写一些特别矫情的文章，不知道行不行。

朋友说，行，你来试试看吧。

再后来，我有幸写出了一篇300万+的爆文，被全国四十几万人转发，有了如今那么多支持我，鼓励我的粉丝。

回头想想，在那么多次失败中，若是有一次放弃了，是不是就没有了如今的我。

如果在之前的那么多次拥有中，我满足了，是不是我仍旧还在那个岗位上，随着年纪的增长，每年定额增长一点薪水，然后不再拼搏。

又或者说，在我出名之前，我写了四个月的文章，粉丝不超过1500个，阅读量不足2000，在那四个月里，我不再坚持了，也许也就没有林熙这个人了吧。

6.

你大学刚毕业，不知道从事什么工作，迷茫得要死，问我该怎么办。谁大学刚毕业的时候不迷茫啊，我刚毕业那会儿上人才网，愣是被一网页的选项惊得不知道自己该投什么简历，不管有多迷茫，先择业再就业。

你说你自己不够聪明，家里又没什么关系，只能认命从事薪资几千块钱的工作。我身边就有个朋友，在一家旅行社上班，拿着能勉强维持温饱的工资，人笨，又不会说话，父母是农民，一次咬牙辞职去了金融公司上班，如今成了宁波二把手，年薪80万，不久就买了辆宝马Z4，这个过程他只花了两年。

你说你家里不殷实，经不起折腾，更不敢轻易失业，因为真的会饿死。谁的生活就容易了呢？比你不幸的人多了去了，比你幸福的人也多了去了，如果生活是场比较，那么除了王思聪这样的富二代，大部分人都赶紧投胎去吧。你有羡慕别人的勇气，为什么不付出行动去尝试，你才二十几岁，有手有脚，智商在线，凭什么给自己找那么多的借口。

不要害怕失去，如果你害怕失去，你将什么也得不到。人生本来就是从一无所有的过程开始，你没必要害怕失败，你更应该害怕的是你不敢面对失败。

社会会吃人，可你却能选择做老虎还是做任人宰割的绵羊。

独立挺好的，辛苦点罢了

1.

无可厚非，当一个女人俨然像一个男人一样地活着，经济独立，生活独立，感情独立，这样的她是让人心疼的。

为什么我会这样说？因为我深知一个人在没有人依靠的情况下，事事独立靠自己，是多么的不容易，我一个男人尚且觉得赚钱很辛苦，生活不容易，更何况一个柔弱的女性。

在我身边发生了这样一个故事，朋友小树因为公司业务需要，过年期间要飞往日本出差去办一些事，没法在家过年。

小树和我说，她在机场哭得一塌糊涂，出差那天她的父母送她去机场，临别的时候她的母亲拉着小树的手，哽咽地说：是爸妈不好，不会挣钱，家里条件差，让闺女你受苦了，大过年的都不能在家吃个年夜饭，安安心心一家人看个春晚，要独自一个人到国外过年。

那是小树第一次在大庭广众下掉眼泪。小树说，每个独立的女人其实都很辛苦，可有些事自从成长的那一刻起就是注定的，既然单身，就注定没法享受被恋人爱的感觉；既然家庭拮据，就注定自己要努力挣钱，才能改变窘迫。

这么多年下来，她已经习惯了像个女超人一样的去生活，即便有很多男性追求者会对她说，你不要这么独立，我看着心疼。她都已经麻木了，因为她深知一个女人，只有把命运抓在自己的手里才能真正地幸福。

就像你所看到的，年轻的女性会愿意花大把的钱和时间去保养自己的脸蛋和身材；事业有成的女性会比男人更努力地去学习升值自己；尚且单身的女性会精心包装自己，从众多伪追求者中找出那个对的人。

而想要达到以上这些，你势必要先学会独立。

2.

有一位读者和我说过，林熙，之所以越来越多的女生选择单身，很大一部分原因就是她们自己就能过好一生，她们不需要依靠任何人，如果找不到一个能让她们生活变得更好的人，为什么要委屈自己去将就一个人。

你想啊，当一个女人很辛苦地让自己变得更好的时候，她难道不就是为了拥抱更好的生活，拥有更好、更爱的那个他吗？再仔细想想，现在这个社会，男性和女性之间，除了约会吃饭，出去唱歌喝酒的时候，男性会绅士地买单以外，房租是她们自己付的，衣服裤子是她们自己买的，化妆品是她们自己买的，生活吃饭出行的开支是她们自己挣的，女人的思想和经济独立让她们变得更酷，更加有趣。

独立不好吗？独立真的特别好，只是任何事物都是有代价的。很多独立的女性会收到这样的声音：你们女孩子那么独立当心以后嫁不出去。

然而我觉得会说这些话的男人本身就有问题，因为只有自己不够强大的人，才会希望对方弱小，只有自己hold不住独立的女性，才会希望女人不要太独立，做个什么都需要靠男人的废物。

3.

在朋友圈看到过这么一句话，能坦然接受别人的爱是一种能力，不具备的话，就客客气气地活着，也没什么不好的，就是比别人辛苦点罢了。

独立累吗？独立很累，但是不独立更累。

朋友小悦谈过一段恋爱，在那段恋爱里，她活生生地被养成了一个女儿，就像一个被保护起来了的公主，她不用上班赚钱，不用担心买不起自己想要的东西，不用思考人心复杂。她的独立被一点点磨灭在那段感情里。

最终她发现，她错了。分手那天，她才意识到，随着这段感情的结束，她的生活也跟着结束了，她不会赚钱，她不会自己照顾自己，她甚至不知道怎么和那些戴着面具的人接触。

小悦说，一个女人，不管是自己一个人，还是谈恋爱，永远不要放松警惕；指望一个男人永远爱你，不如指望自己永远独当一面。

你只有自己独立了，当感情经历失败进而分手的时候，你才能走得洒脱，才能让那个男人后悔失去你，否则你只能不甘心一次次以泪洗面，问他为什么非要离开你。

每一个活得独立的女性都是辛苦的，但也正是这种辛苦让她们意识到，她们值得拥有更好的爱情，而不是去垃圾堆里找男朋友。

4.

听一个长辈说过这样几句话，她说，年轻的时候总觉得做一个女人，长得漂亮很重要；等长大一点了，觉得有品位有气质更重要；再长大一点，觉得找一个会疼你的男朋友很重要；直到最后才会明白，作为一个女人，独立精彩地活着最重要。

我是认可这句话的，**漂亮是资本，品位是内涵，男朋友是伴侣，而独立是你的生活。**

也许有很多人会以过来人的身份劝你，女人总归是要嫁人的，强势又独立的女人不好找对象。

甚至还有很多男性会说，独立的女人还不就是因为享受不到男人的爱，如果我们愿意照顾她们，她们还用得着这么拼吗？

拜托，醒醒吧，都什么年代了，女人生存的价值并不仅仅是为了依附于男人，而是为了让自己过上更好的生活。

毕竟在这个爱人会走，婚姻容易遭遇失望的年代，只有自己独立了，才有底气活出自我。

姑娘，我知道在独立的背后，你一定也曾感到过心酸，有对爱情和婚姻迷茫的时候。但是相信我，那么优秀的你，一定能配得上更好的人，他终会穿过人群来拥抱你。

比失恋更惨的是穷

1.

前几天我有个朋友失恋了，她说她当时哭着走在路上，身边人来人往，就只有她一个人感觉到孤独，她觉得人生已经没有了意义。

可当她哭着经过商场时，她的视线被橱柜上的一个包吸引了，换成是以前她肯定看一眼，然后脑补下拥有这个包的画面，脑补完就走了。但是在失恋情绪包围下的她，是有点不理智的，她鬼使神差地走进店里，一手抹去眼泪，一手拿起包就问营业员多少钱。

当时营业员回答她的，是她不吃不喝四个月才能省下的工资。

16800。

朋友说，当时她就一个念头，失恋已经那么惨了，如果连一个喜欢的东西都买不起的话，那不是更惨。

她当机立断拿出卡就刷了，刷完后指着包跟店员说：不用包了，我现在就要背。

当她背起新包走出店的那一刻，迎面一阵清风吹来，她狠狠地闻了下手中正品包包散发出的那股独有的真皮香味，她听着包包上的链条肩带互相摩擦发出清脆悦耳的声音，顿时有种前所未有的满足感，原来第一次放纵自己买奢侈品的滋味是这样的，她突然忘记了自己刚刚为什么要哭得这么伤心。

她和我说，林熙，原来失恋的创伤真的可以用钱来填补。

2.

以前看到过一句很有趣的话：没钱的姑娘失恋了只能买个鸡爪买瓶啤酒坐在路边哭；而有钱的姑娘失恋了可以在巴黎哭，在纽约哭，在伦敦哭。

我有个朋友失恋的时候跟我说过，自己失恋那天是在一家餐厅，看到自己本应在加班的男友对面坐着一个妖艳贱货，两个人谈笑风生的好不愉快，以至于她走到了他俩跟前男友才瞬间绷住笑脸，露出一丝尴尬。

我问她：你跟那个女生撕逼了吗当时？

她说：我原本想拿一杯水泼那个女的，但是后来想了想，并没有那么做，因为我当时身上穿着纪梵希的新款T恤，重点还是白色的，我的CL铆钉鞋可能有不少的战斗力，但是万一动作太大钻掉了我肯定会心疼，然后我就把矛头指向了那个渣男，说了他几句之后感觉这样又有点掉价，对不起我的一身名牌，然后我转身就走了。

我问她：那你走了以后呢？

她说：走了以后突然感觉好想哭，但是转念一想今天化了妆绝对不能哭，不值得为这样的人浪费我的化妆品。

朋友最终走出了失恋，她说自己偶尔还是会难过，但是绝不会让自己失控，因为比起分手，更惨的不是失去渣男，而是毁了自己的生活。

是啊，失恋其实并没有什么，提前让你看清了一个不合适的人，总比结婚生子以后后悔强。仔细想想，你真的没必要太难过，对自己好一点，只有自己永远不会背叛自己，多赚一些钱，让你的身价告诉自己，是他配不上你，你尽管分手了，可还是活得比谁都好。

一个有钱的姑娘连失恋都可以失得不失大体。

3.

胖子以前失恋的时候会天天拉着我一起买醉，我说我没钱，他说他全包。

他说他没办法一个人待着，家里全是回忆，还好身上还有几个钱在，可以找一帮人来陪着他一起喝酒一起蹦迪，至少比一个人强。以前省吃俭用的为了女朋友，现在女朋友走了省钱还有什么用。

他喝醉的那天，一边吐一边用很认真的语气和我说，林熙，钱买不来爱情，买不来陪伴，可至少钱能让你暂时忘了疼痛。

是啊，钱不是万能的，但是没钱真的是万万不能的，钱不仅对失恋的女人有用，连失恋的男人也有用。

有钱的时候失恋了可以去酒吧连续开一个月的酒，运气好还能有个艳遇；但是没钱的时候只能去楼下小店买一打雪花啤酒，一个人对着前任的照片勇闯天涯，边闯还边哭。

想想都觉得真惨。

4.

现在这个物质化社会，我们也许会说真爱至上，可现实里哪里还有不用房，不用车，只要两个人彼此喜欢就能在一起一辈子，结婚生子的感情？你的生活需要钱，你未来的孩子需要钱，你生病了需要钱，你父母老了也需要钱。

有钱真的没什么不好的，至少好过没钱。

当你攒足了钱，这个世界就会对你很温柔，你也就不再会患得患失，生怕被人辜负，无论谁的离开你都能让自己从容一点。

没有感情，至少你还有钱啊，你可以拿这些钱做很多很多让你快乐的事。女生千万不要相信女孩子可以不漂亮，身材可以不好，没有能力也无妨之类的话，因为当你有一天变得又瘦又富又美的时候，你会发现你的人生真的跟开挂似的。

钱虽然很俗，但它会让你底气十足。

失恋没什么可怕的，最可怕的是人财两空。

找一个愿意为你变成熟的男人

1.

有一天，我一个人去电影院看了一部我喜欢了整整七年的电影《春娇救志明》。

人的一辈子能有几个七年？七年的时间，曾经与你一起看这部电影的人是否还在身边？

生活总是一个故事衔接着另一个故事，冥冥之中在相遇的最初早已埋下了一层一层的伏笔。

喜欢这部电影的人大概是在电影主人公春娇和志明身上看到了自己的影子。

那个拉着几个闺密一起尽情数落自己的男朋友，但是当别人说他不好又会拼命维护的余春娇；那个跟着朋友去泡吧看美女，但是女朋友电话来的时候又马上回家的张志明，都像极了你我。

余春娇一直想要安定的生活，但是张志明却一直像个长不大的孩子，给不了她想要的安全感；张志明在与孩子嬉戏过后突然就想自己也生一个玩玩，但是却什么都还没有准备好。

我们都是余春娇，也是张志明。

2.

女生理想中的爱人是怎样的？

有钱有颜，只宠她疼她一人；人前是个霸道总裁，人后只做她一人的贴身小牛郎；叫他往东从来不敢往西，需要他的时候总是第一时间出现，感情中不能有任何的叛逆情绪。但是这种个性同时出现在一个人身上的概率几乎是零。

如果你希望他是霸道总裁，那么你将忍受他事业忙碌时对你的忽视；如果你希望他一直围绕着你转，那么他可能有着一份闲差，拿着零星无几的收入，或者只是个靠家里闲养的富二代，没有任何的生存能力。

其实理想一直都非常的丰满，现实也总是如此骨感。

有时最好的爱人，大概就是一个愿意为你改变自己的人吧。毕竟我们活了二十多年养成的这些习惯、个性，不是说改就能改得了的，能为你改变的人一定很爱你。

张志明愿意为了余春娇改变自己的孩子气，成为她心中那个懂担当，能依靠的男人，不管他有没有做到，但是他愿意向着她靠近。

当一个稚气的大男孩，愿意为了你改变，努力成为你眼中理想的爱人，那他就是你的圆满爱人。

这世上的男人很多都是张志明，但是很多可能还不如张志明。

3.

我有个朋友，刚结婚两年却说自己仿佛进入了中年危机。

我当时听到这个词的时候整个人都不好了，毕竟她只比我小了一岁而已。

她说：跟丈夫相恋四年，结婚两年，总共在一起六年时间，但是自己仿佛从一个公主升级成了一个佣人，她的丈夫成了她的儿子，婚后的生活好像只有亲情、习惯这几个字眼，俨然看不到任何关于爱情的痕迹。

她终日策划着怎样在感情中反败为胜，让她跟丈夫的感情能够起死回生。结婚纪念日时她订了家餐厅，精心修饰完妆容之后早早地将车子开到老公公司的楼下接他下班，但是等了半个钟头以后换来的是，今天要加班没时间过纪念日，你自己去吃点吧。

她天天抱着手机看旅行社的行程安排，想跟丈夫一起再来次甜蜜的蜜月旅行来唤醒爱情，但是得到的答复总是，老夫老妻了还是多将时间花在工作上吧。

她甚至想过策划一次荒岛历险，这样她老公在荒无人烟的小岛上只能跟她两个人相依为命，白天吃海鲜，晚上赏海景。

不过很多都是她一个人的想象，她的丈夫从来没有配合过她的想象。

就像片中春娇的弟弟跟张志明讲的：两个人要维持一段关系真的很不容易，不要因为做了什么或者没做什么而破坏它。

朋友跟她老公的婚姻就是，她做了太多，而她老公什么都没有做。

但是朋友依然坚持着维系这段感情，仅仅因为相爱实在太过不易。她说有时会有想要放弃的念头，但是每当见到他的那一刻，又忍不住和好的冲动。

她就好像余春娇，一直包容着自己爱的那个人。

后来朋友怀孕了，她的丈夫渐渐放下手头的事情，把重心更多地转移到了家庭中，她说丈夫说过一句最让她感动的话就是：你的付出我都看得到，辛苦你了。

最难的其实就是找一个懂你的，能看得到你付出的人，并且会因为你的付出有所感动而意识到自己的不足，还能够改正的爱人。

4.

两个人在一起，注定有一个人要制造麻烦，另一个人来解决麻烦。

在一起久了的两个人，渐渐地发现不断的妥协、包容和忍耐，充斥着爱情的角角落落。但是谁又敢说，妥协、包容和忍耐不也是“爱”教会我们的重要东西？它让我们学会了珍惜。

在《春娇救志明》中，Flora对志明说：我们不能再当小孩子了，是时候该长大了。

但是志明最后挽留春娇的方式其实还是一个非常孩子气的做法——假装被打，以超级玛丽的打扮在街边唱歌，向她求婚，一切其实都是如此的孩子气，但是春娇却再一次被感动到哭。

因为他让她看到，他愿意做出改变的决心。

太过成熟的两个人生活得太过死板，保持孩子气的心，加上一颗愿意彼此靠近的心，这样的生活才最美满。

而这颗心叫，我愿意为了你“长大”。

残酷的不是穷，是不知道努力

1.

有人说，好看的女人都是用钱堆出来的。

这句话我不能百分之分地赞同。为什么，因为钱能让一个女人变得好看，也能让一个女人变得越来越丑。

你可能不太理解，那么我给你讲个故事吧。

我身边有一位家境好的女性朋友，她每天的口头禅就是“我要变瘦变美，成为白富美”。

她的家庭比较富裕，能让她不上班整天躺在床上玩手机也照样买得起爱马仕的手提包，用得起贵妇牌的护肤品和化妆品，吃得起全市最贵的餐厅。

如果按照钱能变出“好看的脸蛋”和“迷人的身材”这个逻辑，那么她现在哪怕是长相普通，也拥有了可以让她“变美”的条件和资本。

但是，我可以很负责地告诉大家，我这位朋友非但没有变美，反而变得身材臃肿，满脸的痘痘，心态还特别的消极。

你也许会问，怎么会呢，难道她没有去美容院，没有去办健身卡，没有好好享受那些昂贵的护肤品抹在脸上的感觉吗。

她确实办过一张健身卡，请了私人教练，还在网上专门订购了几套运动服，可是呢，她只去了两次，第三次教练打来电话，她躺在沙发上玩《王者荣耀》玩得正起劲硬是没去，之后她总是能找到无数个不去的理由。

她确实去过美容院做过脸，还去专柜买过很多贵妇牌的面膜和护肤品，但是呢，就像护肤有很多道步骤一样，第一次用这些产品的时候很大部分原因是图个新鲜，当你坚持了一个星期甚至是一个月的时候，你可能会选择一切从简，偷工减料。

更难的是，你还要压制住心里的欲望，比如想吃油炸食品，想通宵泡吧，或者只想躺在床上睡觉。

所以我那位朋友，她从来就没有变美变瘦过，最近还总是嫌化个妆太麻烦，索性素颜出门。

我想，好皮肤和好身材的背后不只是你在健身房和护肤品上砸了多少钱，一个女人的“美”，不一定就是通过物质基础来决定的。

残酷的从来就不是穷，而是不知道努力。

2.

现在的社会，流行喝毒鸡汤。

特别是当别人嘴里的有钱人多了以后，就好像人人都能找到一种自嘲的方式来否定人生。

“比你优秀比你有钱的人还在努力，那你努力有什么用。”渐渐地，你总会找到许多种“丧”的理由，来为平日的懒惰和拖延找借口。

想到有一次在一个KTV包厢里，我有个高中同学喝醉了酒，也许是一到了晚上这个点，人就会变得异常的矫情且软弱。

他一直坐在边上刷着手机上的新闻闷闷不乐，也不和我们互动，总是很突然地爆发一下情绪，强调这个社会的不公，说自己就是穷人出身，没什么背景，书又读得不好，找不到好的工作，整天混吃等死消磨时间，不像我们一个个都有车，有房，还能泡到几个不错的妞。

是的，他的家庭条件是差了一些，但是他却是我们之中日子过得最轻松的那一个。他的工作是父母帮他找的，虽然工资低，但是稳定，没太大的压力。基本上我们几个还在玩命加班的时候，他就已经早早地下了班喊着晚上要不要出来喝酒。

这些年过去了，他说过几次要换份工作，但每每那么一说，第二天酒一醒就又没声音了。

就比如之前，我的确是帮他找了份收入还算不错的工作，是做业务的，光底薪就比他现在的收入要高一些，不过领导是看数据说话的，自然也不会轻松到哪里去。

结果呢，他一句话就把我给怼回去了，他说：我们穷人哪比得上你们有钱人啊，我瞎折腾个什么啊。

不知道从什么时候开始，穷总是能当作一种“不努力”的借口，就好像全世界欠了你一个“富二代”的身份。

醒醒吧，别人嘲笑的从来就不是因为你有多穷，而是你有多懒惰。

3.

在这个金钱至上的年代，很多人都会被物质蒙蔽了双眼。

我们总能通过网络发现这个世界到底有多疯狂，年轻的女性甚至可以为了奢侈品、化妆品、iPhone，轻易地去卖肾、卖卵子，试图通过各种捷径获得自己想要的东西，结果往往付出了惨痛的代价。

拜金错了吗？没错；爱奢侈品错了吗？也没错，错的是你一心只想躺在床上赚钱。

说实话，一台iPhone，一个包究竟能有多贵，可以让那么多的人前赴后继地消费自己的生命去做这场地下交易。

我想，哪怕你有一颗膨胀的虚荣心，也依然可以靠自己的双手去支撑。我不相信一台iPhone，你打几个月的工会买不起，我不相信你连基本的赚钱能力都没有。

所以啊，别再理直气壮地为自己的“穷”找借口了。

残酷的从来不是因为你买不起好的东西，而是你不知道努力，才会渴望走各种捷径去获得。

4.

这个世界总是很奇怪，有的人明明有资本成为白富美，却偏偏要放纵自己；有的人明明可以选择过更好的生活，却偏偏要停留在原地不肯动；有的人明明有能力赚钱，却偏偏要低头去作践自己。

其实说白了，是骨子里的懒惰在驱使着你走向深渊。

如果你对生活毫无实感，就去看看那些努力为生活而奔波的人吧，去看看北京早上拥挤的地铁，去看看提着公文包宿醉而归的人，去看看晚上9点过后的写字楼还亮着多少灯。

别在该努力的年龄输给了“懒惰”，不管生活再怎么苦，都不要忘记了奔跑、忘记了初衷，不要因为还没战就已经输得一败涂地。

世界会善待努力的人，也会惩罚懒惰的人。

你准备好应付所有的困难了吗？

1.

自从2016年开公众号以来，我收到过很多很多的情感问题，一天最多的时候可以收到几千条的信息。

这些信息经常会让我感到疲惫。我会劝导我的女性读者，其实感情真的没什么放不下的，让自己活得独立一点，先适应自己一个人的生活，再去适应两个人的日子，这样即便分开了，也不会很难过。

假如你一个人就可以过得很好，找了另一个人只是为了更好，那么他离开了，也不会影响你现在的生活。

于是就有读者问我，那么到底怎么样的女人才叫独立的女人？

其实这样的话题，我们说过很多次了。在我看来，独立无非就是精神层面和物质层面的，如何理解独立其实很简单，难的是如何做到独立。

瑶瑶是我从小认识的朋友，去年的时候有个男生向她告白，并给了她一串宝马汽车的钥匙，一串他新房的钥匙。男生和她说，只要你愿意和我在一起，这些东西，在我们结婚的时候，都会写上你的名字。

瑶瑶和我说，其实她也是个物质的女人，面对这样的诱惑，她也有过动摇，只要点点头，就可以过上有男朋友关心，有车开，有房住的日子。

我问她最后为什么拒绝了，瑶瑶说，她不想太依赖男人，假如有一天，这个男人不喜欢她了，她将变得一无所有。

2.

为什么现在社会有越来越多的女生，放着婚不结，非要贷款去给自己买车买房？

可能有人会说，她们条件好，赚得多。可我觉得，她们是独立，她们明明知道这些东西只要结了婚，找一个条件不差的老公就可以拥有了，可她们宁可背着压力，也要自己买房买车，只因为自己买的东西，才不会离开她。

即便将来恋爱分手了，离婚了，我有自己的房子，自己的车子，我便不会觉得自己很可悲，你看吧，我不是被抛弃了，我只是换成一个人生活了。

我曾经问过一个关系特别好的朋友，你觉得对于一个女人而言，怎么样才算是真正意义上的物质独立？

朋友告诉我，一个女人的物质独立最基础的是，她自己买得起口红，买得起面膜，买得起化妆品、保养品，她可以不用刷男人的卡去逛街，她可以看上漂亮的衣服就买下来。

这样的女人在谈恋爱的时候会更幸福，因为她们看中男人的不是钱，而是爱。

而更深层次的物质独立是怎么样的？

那就是将来如果离了婚，她可以独自一个人养小孩，培养她长大。将来如果父母老了，她可以负担得起父母的养老费。将来如果家庭里有人生病了，她可以拿得出医药费。

这样的女人才是真正意义上的物质独立。

3.

上面说到过，我做公众号以后，每天都会收到很多很多的情感问题，其中百分之七十以上，全是关于吵架分手的问题。

其实当一个女人过得很幸福的时候，她是不会来看我的文章的，因为她不需要喝鸡汤，只有感情里出现了问题的女人，她们才需要被安慰，被开导。

而这些女人最严重的问题就是她们太缺少安全感。

今天我和男朋友吵架闹分手了，我特别难过，吃不下饭，睡不着觉，闭着眼睛就会流泪，我需要被安慰。

今天我发现男朋友背着我和别的女人暧昧，我特别生气，拉黑了他的微信，删了他的电话，可为什么他要背叛我，我很伤心，我需要被安慰。

今天我男朋友因为某些事冷落了我，我和他作，他居然说我脾气太大，他一点也不理解我，他根本就不爱我，我需要被安慰。

有人会问我，为什么我那么倒霉，谈了几段恋爱，碰到的都是些渣男，感情路那么坎坷。

其实我想说，每个人都会有难过的那几年，谁在年轻的时候没有爱错过人，受过伤，流过泪？你以为只有你那么倒霉，可其实是别人咬碎了牙往肚子里咽，她们没有说罢了。

这样的女人明显活得比较聪明，她们明白，安全感这种东西只能从自己身上找，难过伤心的时候一味要求别人的安慰，只会让自己越来越依赖别人。

找人倾诉很好，但成长永远只能靠自己。

4.

有人说，精神独立最好的方式就是让自己多读一点书，变得无欲无求，这样内心就不会起波澜，也就不会难过伤心。

琪琪失恋的时候找我去酒吧喝酒，我酒量太差，喝了三瓶就跑去厕所吐了。

回来以后琪琪说我太差劲，我说我只是喝得太快了。

琪琪说，她不需要别人开导，也不需要安慰，她只是想痛痛快快喝醉一次，然后醒来就忘了。

喝到半夜的时候，琪琪的眼睛红了，她和我说，其实女人想要物质和精神都不依靠男人真的很难，女性天生敏感，会渴望被保护，渴望被疼爱。如果可以的话，谁不想要一个可以十分爱自己的老公，一个有大大落地窗的家，阳光洒进来，小宝宝正在摇床上咧嘴笑。

可既然失恋了，她就要面对，哭哭啼啼的是失恋，微笑度过也是失恋，你怎么选？

真正让一个女性变得精神独立的，是读很多的书，以及经历很多的事。

5.

是啊，如果都是要发生的，那为何不让自己变得独立一点呢？我独立了也是谈恋爱，不独立也是谈恋爱，可两者的区别是，我独立我有底牌，我不怕输，如果我不独立，那么我根本输不起。

独立可以让我们的生活，让我们的感情，让我们的未来变得更好，独立可以让我们变得更加自信，更加美丽。那么为什么不做呢？

姑娘，所有的道路没有一帆风顺的，你总会在生命中遇到很多的问题，无论是感情上的，还是工作上的，甚至是家庭中的，你无法预知未来，但你可以提前让自己准备好，以应付所有一切不好的到来，而独立就是你最好的保障和武器。

给自己加油吧，毕竟生活是你自己的，世界也是你自己的。

:

无论做什么，记得为自己而做

1.

情侣之间分手的话，我所听到最多的一句大概就是："我为你付出了这么多，你为什么这样对我？"

说这话的时候基本是一方歇斯底里，另一方冷眼旁观。

另一方当时的内心大概是：我又没让你付出过。

情到浓时我们时常会情不自禁地全身投入，以为付出总是会有回报，不求物质回报，只希望能够得到哪怕一丁点儿的感情回应。

记得以前有位读者与我聊天的时候说起自己很喜欢一个男生，他们两个是异地恋，并且是网恋认识，男生在广州，她在青岛。

她与我说起两个人之间的种种故事的时候，事无巨细，从刚开始的相爱，到后来的冷淡，他们前段时间因为一件小事闹分手，最后真的要分手的时候她开始后悔了，不同意分手。

那位读者与我说起的时候再三强调一句话：只要他不跟我分手，我什么都愿意为他做，为他放弃一切。

听了这个女生的话，我当时心中有些苦涩，什么时候一个人的一切是如此的轻如鸿毛。

我记得我当时回答她的是：不要随便为了一个人放弃一切，因为一般能把这句话挂在嘴边的人他其实根本什么都没有过。

2.

人很奇怪，有时候成熟得可怕，又有时候会幼稚得可怜。

因为一个真正爱你的人，根本不需要你付出一切去挽回，他不舍得你这样，他也不会让你这样，一个不爱你的人就算是你为他付出了自己所有，他该负心的负心，不领情的照样不领情，甩手走人的时候绝对比你想象中的要潇洒很多。

我有个朋友莹莹，她有个响亮的外号：渣男收割机。

从大学毕业以后她谈的每一个男朋友几乎都是渣男，刚开始都好好的，时间在一起越久，男生就变得越渣，每次都是以被骗财骗色，最后联系不上对方收尾。

她的上一任男友是宁波周边人，不过在广州做传媒工作，每月的收入大概有3万左右，当时两人是在聚会的时候认识。莹莹在平时生活中就是个出手阔绰的女生，如果她的口袋里还剩下800块钱，吃饭买单需要500，她也会毫不犹豫地抢单。

男生可能是看上她豪爽的个性，对她展开了猛烈的追求。半个月之后，莹莹幸福地跟我们说，男友为了她放弃了广州3万一个月的工作，来宁波陪她一起生活。

当时他们仅仅认识了20天。

在一起之后男友一直没有工作，沉迷赌博，几乎花光了两人的积蓄。有次男友闷声不响地用莹莹的支付宝套现了1万多元，莹莹知道之后还是原谅了男友。

她说，自己对他的好他总能感受到的。

一次原谅之后男友就变得变本加厉，甚至让莹莹帮助他去借高利贷还债。

人就是这样，因为在感情一开始的时候你就一直属于付出的那一个，所以，在感情的后期就算对方做出如何过分的事情你都不会停止付出；因为如果你停止付出，你之前的感情可能就会打了水漂。

所以当男友要求她去为自己借钱的时候，我们都劝莹莹不要这样做，她还是毅然没有停止自己的付出。

最后的结果其实跟我们每个人意料中的一样，男友最后失踪了，留给了莹莹几万的债务跟衣柜中几件过时的衣服。

3.

我对比了其他女生，莹莹有个特点就是：喜欢付出。

只要她自己力所能及的事情，她会为了男人肝脑涂地，男朋友没钱的时候她会借钱给男友花；男友跟她一起去喝酒的时候抱着别的女人，她说他需要自己的私人空间。

男朋友的一切在外人眼里不可思议的行为，莹莹都可以容忍且报以理解。

我有时候会问她：你究竟喜欢你的男朋友什么？毕竟在外人的眼里他一点都不好。

她的回答是：我习惯了。

有时候习惯这两个字可以听着很温暖，但也可以很刺耳。就因为习惯，所以你才会放低自己这样去爱一个人吗？

这不是习惯，这是不懂爱。

一个真正会爱的人，是懂得先爱自己后爱别人，一个不懂得爱自己的人，根本不懂爱。

4.

其实我们每个人生来都是孤独的，一开始都会懵懂无知，渐渐经历的事情越多也就慢慢长大了。

有时候我会问自己怎样能够生活得开心。

最后得到的答案就是拥有自己的存在感。

当你被人需要的时候你是开心的。理性的姑娘会在工作中寻找成就感，因为那样就没人能够抢走你的那份存在感。

而有些人则喜欢在感情中寻找存在感，被另一半需要的时候她会树立起崇高的自我意识，感觉自己很快乐。

但是存在感跟安全感这种东西一样，你不能寄托在一个人的身上，你应该寄托在自己的身上，自己去寻找那份感觉。

就好像女生一直很喜欢问男朋友的一个问题就是：你爱不爱我。

这句话其实就是希望能够在对方的身上找寻自我价值。

女生聪明一点，不要问他想不想你，爱不爱你。他要想你或者爱你自然会对你说，但是从你的嘴里说出来，他会很骄傲和不在乎你。

记住你是一个独立的个体，无论做什么事情，记得都要为了自己，这样才不会后悔。

有一个人能去爱，多珍惜

1.

也不知道是从什么时候开始，我变得很少出去喝酒了，好像就在某一刻突然间戒掉了对酒精的依赖。

可能是觉得酒变得不好喝了，可能是觉得手机更加的好玩了，我想了想，更大的可能是，我找不到喝酒的理由了。

以前总喜欢喝酒是因为难过的时候，我可以在酒吧宣泄，开心的时候，我可以在酒吧狂欢。可渐渐地，我好像变得越来越沉默，我不会再难过，也不会很开心，就好像生活变得特别的平淡。

我问朋友，你觉得这样的生活好吗？

朋友说，林熙，你知道吗，你的心空了，所以你没有了情绪，你不会有谈恋爱时的开心，不会有吵架时的难过。你连一个可以喜欢的人都没有了，你觉得好吗？

比失恋更可悲的是，你的心里一个人也没有，整个人都是空荡荡的，即便你喝多了，喝得烂醉，你拿出手机，疯狂地翻着通信录，可你也不知道该打电话给谁。

所以啊，有的时候心里有人也是一件幸运的事情，至少有个寄托，让自己孤独的时候能够有个念想，化悲愤为动力也好，为食欲也好，至少喜欢一个人的时候是积极的。

2.

曾经看到过一句很有趣的话，说感情中最甜蜜的一个阶段就是，你知道早晚有一天你们会发生关系，但是却不知道那是哪一天。

在那之前的那段时光，每天都是有所期待所以才显得更加珍贵。

婷子是我从小认识的朋友，她的人生过得特别精彩，从高中开始谈恋爱，一直到了现在，已经换了不下十个男朋友。

在这期间，她也经历过被劈腿，经历过被骗，经历过人渣，经历过绝望。在某个晚上，她也会难过地想放弃全世界，然后留下一句，从今往后，我再也不想谈恋爱了。

我问婷子，既然谈恋爱那么痛，你为什么还是要一次次地飞蛾扑火呢？

婷子说，相比于失恋时的痛，我更热爱在一起时的笑，你知道为什么那么多姑娘明明被骗过，明明受伤过，还是要谈恋爱吗？

因为恋爱是年轻时最不可缺少的一件事，没有之一。

我们这一辈子，会路过无数的人，其中绝大多数的人都擦肩而过了，剩下的一些会陪伴你一段时间，再剩下的一些会陪伴你很多时间，最后剩下极少数的人会陪伴你到最后。

在电影《秒速五厘米》中有一句话：人的一生会遇到2920万人，而两个人相爱的概率是0.000049。

能遇见一个喜欢的人，是多么的不容易，所以，为什么要因为害怕而不谈恋爱呢？

3.

有人说，如今的速食爱情让人太没有安全感了，一个男生可以在短短七天里，喜欢上七个不同的女生，难道这样的喜欢也要珍惜吗？

我想说，真正的喜欢和那种“两句喜欢，三句爱，七天追不到就拜拜”

的喜欢是不一样的。

真正的喜欢是那种即便会受伤，即便看不到未来，即便没有结果仍然会奋不顾身地去爱。真正的喜欢是那种我无时无刻都想和你在一起的感觉。

我曾经有过这样一段感慨，当时我正在台湾旅行，汽车沿着垦丁的海岸线一路驶过，窗外美得不行，湛蓝的海洋，一望无际的蓝天，阳光透过洁白的云层洒在路边的咖啡馆上。

我当时心里在想，这么好的美景，她在就好了。我发了朋友圈说，开着窗，享受着海风，一瞬间仿佛放空了自己，什么都不用思考，什么都不用烦恼，突然间很想思念谁。

朋友们都以为我在炫耀风景，可其实只有我知道，我在内心暗自叹息，叹息我想思念的她，因为那个她不存在，因为我的心里没有人。

那一刻我想，哪怕这个人不爱我，可只要我爱她，也许欣赏风景的我，会更开心吧。

4.

有人说，爱情从来都不是两个人的游戏，我爱你，你不爱我。可没关系，我爱你就好，我在心里把你当作寄托就好，你不用理会我，因为我爱你这件事和你无关。

这段话听起来有一点点小小的悲伤，可你有没有想过，如果把这段话换掉，换成，我爱你，可我不知道你是谁，是不是更悲伤？

林宥嘉在《浪费》里唱到过：想说我没有志愿，也没有事情好消遣，有一个人能去爱，多珍贵。没关系，你也不用给我机会，反正我还有一生可以浪费。

还记得我经历过的一场变故，那件事让我一度对全世界都充满了绝望。我一个人躲在家里，把门窗全部关上，开着最冷的空调，蜷缩在被子里，用力抱紧自己，有几个了解情况的朋友打电话给我，问我怎么样，我说，没事。

其实我有事，很大的事，那一刻我意识到，我是想倾诉的，可倾诉的对象不是朋友，而是喜欢的人。我试着去找一个我喜欢的人和她诉说我的故事，我翻遍了整个通信录，来来回回，我在脑子里想了又想，最终自嘲地说了一句，原来我连一个喜欢的人都没有啊。

所以你明白了吗？比起失去一段感情，我们更应该害怕的是失去爱一个人的能力。

如果你恰巧碰到了那个很喜欢的人，不要害怕，用力去爱吧，因为能爱也是一件很幸运的事。

据说，两个人遇见的概率为0.00000003，而相爱的概率仅为0.00000000009，找个自己喜欢并且他也正好喜欢你的人真的很难。

很多人都说，你喜欢的未必适合你，但是不喜欢的人哪怕再喜欢我，哪怕聊了一万遍，我想都不会觉得快乐。

我喜欢的人，再怎么不喜欢我，只要聊一句我都会乐得不行。

我看过很多的套路，也感觉自己学会了很多，但是面对你的时候，学的套路全部丢到了脑后。

喜欢你，没有技巧，真诚且诚实。

想和你喝酒是假的，想醉在你怀里是真的，伸手需要一瞬间，牵手却要很多年。

第2章

我们都要认真地年轻，骄傲地生长

年轻的我们，总在抱怨时间易逝，一转眼就从校园踏入社会，一回眸沧海已成桑田。于是步履匆匆、焦躁不安，但亲爱的，余生很长，何必慌张。每一天都撑起明天，每一步都在大步向前，何不享受当下，年轻，就要认认真真，成长，就要骄傲独立，赏朝花晚露，品柔风细雨。

没学会被宠前，不要适应将就

1.

有个读者曾经问我，林熙，你文章里的男生都很完美，你怕不怕这样会导致我们找不到男朋友？

我说，相比你们因为要求太高找不到男朋友，我更害怕你们因为想要找男朋友而将就了自己。

我们在单身的时候，总希望自己的另一半是一个完美的伴侣。

就好比我喜欢迪丽热巴，我希望找一个像她一般的女朋友，一样可爱，一样漂亮，一样身材好；就好比你喜欢鹿晗，叫他国民老公，希望能找个如他一般有颜值，有才华的小鲜肉做男朋友。

可这些并不妨碍我们最终选择一个也许什么都不达标，但是很爱自己的人。

我只是通过我的文章告诉你，什么样的男生是完美的，什么样的男生是渣的。而不是上来就说，你就不应该期待什么完美的男人，反正文章会出轨，陈赫会出轨，林丹也会出轨，你就应该学会将就，找一个不宠你的，不惯你的男生将就一辈子得了，反正也没什么绝世好男人。

这就好像你读书的时候，你的老师把所有的知识教给你，希望你考试满分，而你最终得了98分，你的老师只会给你鼓励，而不是说，既然你都考不到满分，我就教你能考60分的知识好了。

女生只有知道好男人是什么样子，才能根据这个标准去找一个比较好的男人。而不是上来就抱着将就的态度，去找一个不会太差的男人。

这两者的区别，很大。

2.

这几天我一直在问自己一个问题，那就是一个好的女生到底会不会被公众号惯坏。

网上有些人说，一些好的姑娘已经被公众号惯得没有了正确的三观。

作了是男朋友没哄，没收到礼物是男朋友不够爱，没时间陪伴是男朋友不够用心。

说真的，我以前也特别不理解，谈过几个女朋友，最终都因为以上的原因，最后争吵分手了。

有一次，我和身边一个朋友说起我失恋的故事。我说，其实男人也特别不容易啊，为什么什么都是男人的错？

朋友说，首先，女子本弱，这是不争的事实。其次，你说女生不讲道理，作，没有正确的三观前，你先问问你自己，你真的有尽最大的爱去包容她，或者理解她吗？

其实你没有，因为你和她一样，你更爱自己，所以你也保留了你的脾气，你不愿意放下你的脾气去爱，最终你们分手了，其实怪不了任何人。

我想，是啊，我们在说对方前，有没有认真想过自己，我希望她能理解我太忙没时间陪她，我希望她能明白我爱她，我希望她能不要无理取闹，事事懂事。

这些希望其实就是我给她的标准， 一旦她没有达到这个标准，我们之间就出现了争吵，最终分手。

被惯坏的女生，自然能遇到一个愿意去惯着她的男生，如果你不是，也不用觉得她哪里不好，因为她也没有强求你非要去宠她。

爱情就是一场拉锯战，要么势均力敌地爱，要么更爱的一方先妥协自己

的脾气。

3.

现在的社会有一个很大的病状，那就是部分男生的爱太过于廉价，而部分女生的要求太高。

为什么会这样？

说真的，你试着去设想下，想想当你被人莫名其妙地撩，然后撩你的人莫名其妙地消失；想想当你被人打着感情的名义约炮，最后走了心才发现自己被骗了；再想想当你按照对象审美的要求，花了大把的钱买了搭配的衣服鞋子包包，或者做了微整形，又花了大把的时间保持好身材，最终仍旧被套路了感情。你还会说，某一方错了吗？

有光的地方，一定就有阴影，谁也别说谁的不好。

看任何事情，都要看相对面，别一味站在自己的角度思考问题。

4.

很喜欢一篇叫作《不要在该约炮的年纪谈修行》里面的两句话：不要在恋爱的时候念佛经，不要在该约炮的年纪谈修行，什么年纪就做什么样的事情。

不要在该被宠、该被爱的年纪，谈什么将就。

我姐结婚以前，脾气特别大，还会骂人，我们亲戚都很怕她，也都担心她这样嫁不出去。我婶劝她，说这么大姑娘了，把脾气改一改，这样好找男朋友。我姐说，凭什么我都没享受到男朋友的宠爱，先要学会委屈自己，如果他真的对我很好，我自然而然也会改了脾气对他好。

后来我姐找了一个男朋友，可男朋友没车没房，我婶反对这段婚姻的时候，是我姐坚持下来的。她和我婶说，其实我觉得他挺好的，虽然他条件没有很好，还不是本地人，可他对我好，事事都让着我，事事为我着想。

我姐脾气不好，做事很急，可我姐夫脾气特别好，做事有耐心，即便我姐发脾气骂他，他也能笑一笑继续哄我姐。

他的电脑密码是我姐的生日，他的银行卡交给我姐保管了，他后来事业有成，开了公司，法定代表人还是我姐的名字。

现在他们买了两辆车，一套房，还有一个特别可爱的宝宝。

我姐也从以前那个张牙舞爪的姑娘变成了一个成熟懂事的妈妈。

5.

有一天晚上看电视的时候，无意间看到《非诚勿扰》，里面有一段话，让我印象特别深刻：我们每一个人都是一个个体，我们有属于自己的性格，脾气，爱好。我们独自一个人生活了那么多年，很多东西都已经成了习惯，我们之所以要找另一半，是希望他能让我们彼此过得更好，而绝不是将就。

因为我们自己一个人也能过得很好。

你觉得这个姑娘三观不正确，那自然会有一个喜欢她三观的男人来爱她。

你觉得这个姑娘被公众号惯坏了，那自然会有一个愿意去惯着她的男人去宠她。

你觉得这个姑娘脾气不好，还不讲道理，那自然会有一个脾气好，而且讲道理的男人去娶她。

先学会把自己变好，等那个人找到了你，用力地爱你，再学会打磨身上的棱角，让彼此过得更好。

姑娘，你想变成什么样子

1.

有人说，一个女人可以在年轻的时候，选择好她想要过的一生。

她可以找一个特别有钱的男人嫁了，争取下半辈子做一个富太太；她也可以找一个各方面都合适的男人，谈一场门当户对的恋爱；她当然也可以找一个暂时还不起眼的男人，把他当成潜力股，如果日后发了，自然也就幸福。

当然，我更希望你在年轻的时候，选择自己想要的一生，这个选择源于你自己，而不是源于找一个什么样的男人。

你可以多赚点钱，然后让自己做一个富婆；你也可以独立无比，然后找一个自己喜欢的人，不去依赖他的钱或者家庭背景。这样的爱情和未来，难道不是更好吗？

我认识的女性，可以分成两类。

其中一类说的是那些相信爱情，希望通过另外一半来寻找到幸福感和安全感的人，她们希望找到一个各方面都比较优秀的男生，这样未来的幸福保障会更高一点。而另外一半呢，她们要么在爱情里受过伤，要么看过太多的分手不相信爱情，她们选择完善自己，工作独立，生活独立，幸福指数也完全靠自己。

相比于前者，我更欣赏后者，因为她们活得更聪明。

世界上还有什么比自己更靠得住的吗？

2.

每一段爱情就像是赌博，你只能预测这次的结果是好还是坏，然后尽最大的努力去选择。

而婚姻呢，婚姻就像是一场梭哈（扑克游戏的一种），你一旦下注了，就倾尽所有。

我一个好朋友莎莎，她在年轻的时候，遇到两个渣男，不仅骗走了她的身体、她的感情，还骗光了她的钱。其中一个更过分，刷爆了她的信用卡。

有一年多，莎莎整个人是消极的，她终日不出家门，在朋友圈发着一些负能量的话，一方面是她被打击到了，走不出来，另一方面是她欠了一笔债，没有钱出门。

那时候的莎莎最大的乐趣就是在网上去各种群里抢红包，24小时，几十个群，从来不会漏下一条消息。莎莎说，哪个群优质，她就盯着哪个群，这种群发大红包的可能性最大。

我说，你有这个精力，为什么不出去找份兼职，岂不是来得更好。

莎莎说，你懂什么，我在男人身上赔的钱，当然要从男人身上赚回来，这世界上还有什么兼职是比问男人要钱更快的？

我说，你未必会幸福。

莎莎说，幸福是什么？

后来我很长一段时间没有联系莎莎，听说她在一个有钱人的群里认识了一个有钱的男人，那个男人大她十岁，结婚了，起初的时候对她很好，给她发红包，帮她还信用卡，给她买包。

莎莎为了他，打过两次胎，耗了整整三年，最终还是没有等到这个男人离婚娶她。她是拿到了一笔钱，可在我看来，这笔钱更像是青春的消耗费，一文不值，亏到谷底。

3.

我的另外一个朋友小妮，她家里条件不好，母亲在社区做保洁，父亲生病在家需要一大笔医药费，她来宁波的唯一目标就是钱。

可她选择的方式不同，小妮白天在肯德基、麦当劳兼职上班，晚上会去酒吧做营销，她的生活几乎除了休息就是工作。

记得有一次，我约她出去吃饭，她和我说，你知道吗，林熙，你带我来的这里，我都没有去过。

我说，你都来了宁波两年了，没有去过外滩？

她说，我只认识上班和下班的这段路，我没有休息，没有奢侈的时间去别的地方走走看看。

我知道小妮说的是真的。记得有一次，她为了多卖几瓶酒，硬是陪客户喝到了早上5点，出酒吧的时候，一路吐回家。记得还有一次，她为了哄客户开心，硬是吹了好几瓶啤酒，跑到厕所连胆汁都吐了出来。

小妮爱钱吗？她甚至比莎莎更爱钱。可小妮更相信只有靠自己换来的钱才能踏实。

初来宁波的小妮100斤不到，长得特别好看，两年夜场工作下来，小妮长到了120多斤，脸上的皮肤也变得越来越差。

可让人想不到的是，小妮反而找到了一个各方面条件都很优秀的男朋友。男朋友很爱她，不会嫌弃她皮肤变差了，不会嫌弃她的体重，不会嫌弃她的家庭。

她的男朋友说，我之所以爱她，就是爱她的性格。我们出去约会，她会抢着和我买单，我给她送礼物，她总会想着方法还我一份。她从来不开口和我要钱，也从来不在乎我有多少钱。

我爱她的独立，爱她的自主。

4.

曾经写过一篇文章《比失恋更惨的是穷》反响挺大的，很多女性读者都说，只有失过恋的女人才会明白，这句话有多么的对。

失恋可怕吗？失恋很可怕，可更可怕的是失恋了以后，你还失去了独立生活的能力，失去了钱。

你从一个被人宠爱的公主，变成了一无所有的人，你想要去商场买东西缓解心情都不行，因为你没钱。

女人的青春真的很短，二十出头是她们最好的时候，她们可以任性地选择一切想要过的生活，她们的判断可以不受任何现实因素的影响。等到二十五出头就不行了，她们不敢轻易选择，她们害怕被辜负，害怕被耽误。

在电视里看到过一句话，说的是，一个女人嫁对一个正确的男人，人生就赢了一半。剩下的那一半是她自己。

明白了吗？姑娘，你想要什么样的生活，就把希望放在自己的身上，那样即便你选错了对象，你都不会输，起码有个平局。

没有人能笃定地说，未来是什么样子的。也许你年轻时选择的未必是对的，但是姑娘，我希望你至少活成了你想要的样子。这样才不会辜负了自己。

你凭什么让别人喜欢你

1.

爱情是甜蜜的，也是残酷的。

比如我有一个朋友，她经常苦恼的问题不是减肥失败，而是为什么自己喜欢的人偏偏不喜欢自己。

大概爱上一个人很简单，可要两个人相爱却很难。有一次，我约她出来吃饭，有点好奇地问她，你喜欢的人究竟是谁。

她滑动着手机屏幕，快速地定格在了一张照片上，指了指照片中那张熟悉而又俊朗的脸。

我笑了笑说，他啊，我认识，挺优秀的，颜值高，学历高，标准的高富帅。

大概很多女生心目中的白马王子都是霸道总裁加高富帅的标配人设，这很正常，谁都希望自己的另一半是完美的。

我就经常告诉我的读者说，不要去将就爱情，将就换来的不是幸福而是毁灭。如果你喜欢帅哥，你喜欢绅士，喜欢各种优质的男人，就不要去将就一个你根本就看不上眼的男人。

人有追求固然是一件好事，可是我们往往忽略的是什么，是自己，人首先要追求的、投资的，应该是更完美的自己，而不是爱情。

为什么我这么说呢？

就拿我这个朋友来说，她自身的条件虽然不算差，但绝对谈不上优秀，做着一份普普通通的文职工作，长相又不够出众，身材也不够迷人，没有让人一眼就惊艳的气质，也没有让人刮目相看的地方。

也许有人会反驳我说，真爱是不会那么肤浅的，爱就是喜欢你身上的小缺点，喜欢你身上的不完美。

但扪心自问，你对现在的自己满意吗？如果连你都不喜欢你现在的样子，那么凭什么让男神喜欢你？

2.

爱情有时候并没有想象中的那么伟大，起初我们喜欢上一个人，大多是看到她身上的那些闪光点。

就像电视剧《微微一笑很倾城》里的大神肖奈，他喜欢贝微微，是因为贝微微优秀，值得他去追，去用心爱。

但是很多人往往在爱情里选择做傻事，以为只要自己不计较得失，不求回报地去爱，那么总有一天会感动对方，让对方也喜欢上你。

这样的做法到头来往往得不偿失，一味地放低自己只会让别人看轻你，爱情应该是势均力敌的互相吸引，而不是单方面地靠委曲求全换来一丝怜悯。

梦想嫁给白马王子没错，但首先你得是个骄傲的公主。

哪怕你没有水晶鞋，头上也没有皇冠，也完全可以通过自己的努力去争取爱情，而不是去选择无用的等待。

记得叶子以前念大学的时候，也暗恋过隔壁班的一个男神，结果还没来得及向他告白男神就先恋爱了。男神的女朋友是个腿长貌美，性格脾气都超级好的女生。

当这两个人站在一块儿的时候，连她自己都不得不承认很般配。

现实生活里的爱情是残酷的，没有霸道总裁爱上灰姑娘的戏码，毕竟谈恋爱不是做慈善，每个人都想找到条件更好的对象。

叶子说，在那之后她一直都觉得很自卑，因为比起男神的女朋友，她不够漂亮，身材也不够好，就连性格也比较内向不够开朗。

不过在那一刻，她突然就想明白了，想要更好的生活，更好的爱情，就必须要有一个更好的自己。

是啊，光喜欢没用，首先你得优秀。

你优秀了，你喜欢的人才能看到你；你优秀了，你才有资格挑选更好的伴侣。

3.

都说女大十八变，叶子后来成了我们大学圈子里唯一逆袭成为女神的女同学。

拥有白皙嫩滑的脸蛋和凹凸有型的身材，据说现在的她是一名品牌设计师，经营着自己的小事业。

她说这几年，她一直不断地健身、阅读，试着接触更多的事物，性格也慢慢变得开朗了起来，当然身边优质的追求者也变得多了起来。

想起以前，她又胖又不会打扮的时候，自己喜欢的男生从来都不会多看她一眼，仿佛从来都没有被这个世界温柔相待过。

但是现在不一样了，不管走到哪里，别人一看到她娇小的身材，就懂得怜香惜玉地帮她拉行李。

现在我们大学聚会谈论她的时候，都觉得这个小姑娘很厉害，当别人过着两点一线的上班下班生活，偶尔躺在家里玩手机的时候，她的生活是从早忙到晚——她的朋友圈有时定位在国外拍外景，有时又是在参加一场时装秀的活动。

认识她的人都知道，她的生活自律得可怕，吃的每一餐都要查一下卡路里，早上6点准时醒来健身一小时。

女孩子为什么要那么努力，是因为不想将就生活和爱情。

你喜欢的人想必很优秀，所以你更要好好爱自己，让自己值得被爱。

4.

爱情从来不是靠等待就能得来的东西。

很多人空有一颗真心，却高估了自己的实力，有的人总是在思考，明明我那么努力，喜欢了他那么久，为什么他还是不喜欢我。

一方面感情或许是捉摸不透的东西，而另一方面可能是你没能达到他的择偶要求，所以有时候一味地努力追求是没用的，你的等待对他来说也毫无价值，你真正需要做的是提高自身的实力。

与其等待爱情，幻想从天而降的幸福，不如静下心来想想如何去投资自己吧，哪怕没有公主命，也请努力地像个公主一样活着。

赶紧花点心思去打理一下自己，去制订一套新的改变计划，让那些曾经拒绝过你的人都对你刮目相看吧。

你的付出，你的改变，终有一天会让你成为更好的自己，要知道王子很少拒绝公主，却会拒绝真正的灰姑娘。

爱钱没什么不好的

1.

大学毕业以后的我对生活的要求一直很简单，吃得饱穿得暖，每个月拿着那份能够解决自己简单物质需求的薪水，也不感觉羞愧，反而觉得这就是生活。

不像上一代的人还需要为一日三餐能否吃饱而烦恼，我们这代人关于吃饭最烦恼的大概就是吃什么了。

但是随着年龄的增长，我越发感受到了金钱的重要性。

生活中的礼尚往来，人情交际似乎都跟金钱有关。有人说钱很庸俗，但是不得不承认，有人为了这俗物不惜铤而走险，甚至走上犯罪的道路。

很多时候，我们总是会被一些事情所困扰，比如谈恋爱，同事好友之间的人际往来，几乎都需要用到钱。

钱虽然不是万能的，但是没有钱是万万不能的。钱虽然不能解决所有问题，但是生活中的99%的事情，其实都可以用钱来解决。

2.

今年情人节的时候，我发了句“情人节快乐”给我的好基友，没想到哥们儿很不赏脸地回了我一句：“此处可以有红包，没有红包别说话。”

我当时有点蒙，我们至高无上的友谊，难道是区区红包可以替代的吗？

他坚定地回答我说：是的。

他接着说：如果你给我的红包金额可观的话，那说明我在你心中的地位重要，如果一毛不拔的话，那麻烦你压根就不要来跟我说任何的废话，让我知道我是一个这么好打发的人。

钱虽然是一种俗物，但是这是人类智慧的结晶，是一个人社会价值的体现。

有些人会通过金钱来衡量他在你心中的价值，虽然真的很俗，但是也在情理之中。

3.

女生圈中有时候会流传一句话，叫作：女生只要找个好老公嫁了就行了，不需要太有钱。

或者有些特别自信的女生会扬言一定要找个有钱人做老公。

但是现实就是那个所谓的不需要太有钱，只要对你好的好老公真的也并没有你想象中那么好找。

更别提一个有钱，又对你好的老公，简直就是难上加难。

上学的时候我有个同学叫钱多多，她说她之所以叫作钱多多，是因为家里条件不是很好，父母希望她有朝一日能够扬眉吐气嫁入豪门。

记得新生报到的时候，老师念到她的名字全班的同学都笑了。

当被问及这个名字的含义的时候，她很直白地说：我的父母就希望我能过上好生活，嫁给有钱人。

当时全班女生都对她嗤之以鼻。

大学的时候很多女生被潮流影响纷纷跑去文身，钱多多静静地在图书馆啃书，她说：豪门婆婆不喜欢文身的，喜欢知书达理的女生。

夜自习上完之后，她的寝室好友三五成群地去校门口一块儿吃夜宵，烤串，钱多多从不参与，她说：有钱人食品都以健康为主，我要保持身材拒绝这些垃圾食品。

休息日的时候别人都会约上朋友一起去唱歌喝酒，钱多多办了张健身卡，骑单车，练瑜伽，练舞蹈，跑步。

大学的钱多多是个非常不合群的姑娘，所以她的朋友也很少。

但是因为她长期饮食规律，坚持健身，所以她的身材挺拔，窈窕，追求她的男生络绎不绝，不过她都一一拒绝了，她说：谈恋爱会影响我的学业。

有理想做桥梁的生活大概不会感觉到太多孤独吧，爱钱为什么不能算是一种理想呢？钱多多很爱自己的生活并且乐在其中。

4.

大学毕业之后，钱多多因为成绩优异，才貌出众，进入了一家外企工作，每个月的实习工资就比我们高出了一倍左右。

工作之余她一边考英语8级，一边用多余的钱投资自己，她早早地开始学习护肤，买时尚的衣服，开始学习穿搭，看女性杂志，学习投资理财。

工作半年之后她就外派到美国学习了一年，回国后成了公司的管理层。

现在的她大概年薪百万以上，算是当年女同学中混得最好的一个。

我当时毕业之后一直从事货代工作，有时跟她们公司会有业务来往，我们时而会约个下午茶聊聊这几年的心得。

多多说：有些人一直觉得女孩子爱钱就是爱慕虚荣，但是更好的生活都是靠欲望来做支撑的，如果我对金钱没有任何欲望的话，我想我现在大概是学校毕业之后回到我从小生活的那个城市，根据父母的安排，找一份看着还算是体面的工作，拿着每个月够买几件衣服的生活费，找个普普通通的男人就这样凑合过一生了吧。

我说：钱有时候是人前进最好的动力，有时候诗和远方，都需要用钱作为基础。

说话间我看到她的中指上带着鸽子蛋大的钻戒，她说她马上就要结婚了，老公正是她们公司老板的儿子，刚从斯坦福毕业回来。

女孩子爱钱真的没什么不好，这样至少可以提高你的生活品质。

当你对钱有欲望的时候，你自身会非常强大，你懂得规划自己的生活，不与屌丝为伍，你会变得更加自律，更加优秀，因为首先你得自己优秀了有钱人才能看得到你。

贫贱夫妻百事哀，有钱可以让一个人变得更加的有底气，眼界更加开阔，格局变得更高。

年轻的时候对钱多一点欲望，等到年老之后你才能够追寻你的诗和远方。

社会物欲横流，喜欢钱真的没什么不好的。就怕一事无成，还认为平凡可贵，嘲笑别人嫁入豪门可耻。

被人宠的时候不要迷失自己

1.

我其实不厌其烦地总是写到过一个话题：有个宠你的男朋友。

很多女人不管自己年龄再大，社会阅历再丰富，在内心深处都希望有个人能够完完全全地拥抱你，有厚实的臂膀让你依靠，疲惫的时候告诉你有他在。

每个女人都希望有个宠爱自己的男人。

当现在微博头条上时不时总是会出现“别人家的男朋友”的时候，我们不免问一句，万一这样的女生被男朋友宠坏了，后来他又不要你了怎么办？

万一被宠坏，男朋友不要你了。

这句话似乎是一个病句，男友是跟你有仇？把你宠坏了却不要你了，没有足够的爱情根本不会把一个女人往死里宠，如果真的能宠坏，最后却分开了，那么不能只怪男朋友，也要怪你自己。

没有一个人是理所应当地对一个人好，如果有这样一个人的话，那么一定不要盲目失去了自我，你更应该加倍努力让自己变得更加优秀，来回报他的宠爱，来更加有底气地告诉她，自己值得被宠爱。

有人会说，一个优秀的女人指的不就是女强人，我想很多人总是曲解了优秀的含义。

你只要有一颗积极向上的心，偶尔会有自己的小情绪，但是发泄完后还是会认识到自己的不足；能够用旁观者的心态看到自己的不足之处；乐观开朗，保持善良，你就已经是优秀的了。

一个人内在所散发的闪光点，才是男人一辈子的催情药。

2.

我有个朋友陈萌萌，刚跟男友在一起的时候男友对她体贴备至。

萌萌同学看到网络上的水果搭配组合很好看，就发了条朋友圈，也没艾特自己的男朋友，就配了段文字：好想吃。结果男友那天提早下班，赶到水果超市，屁颠颠地买好水果切好，摆盘摆好，麻溜儿地将水果送到了萌萌家楼下。

萌萌大小姐当时收到后兴致勃勃地拍了张照片，狠狠地秀了个恩爱。

后来男友因为公司升职被外派到了其他的城市，当接到公司通知的时候他希望萌萌能够放弃宁波的工作陪他一起去。

萌萌在宁波是做化妆师的，还算是小有名气，年薪大概有25万左右，但是总是要起早贪黑，工作非常辛苦，她也跟我们抱怨过很多次想换工作。这次男友的工作变迁就好像成了她毅然放弃自己工作的契机，她二话不说就把手头的工作了结跟男友走了。

走之前记得有个姑娘叮嘱过她：你男朋友现在对你虽然很好，但是你千万不能被宠得迷失自己，失去了自己的生活。

她很不屑地说：我才不是这样的人。

3.

有时候你受得起多大的赞美，同样也得受得住多大的诋毁。任何事情都是有两面性的，当你被宠爱的时候你需要耐心地问自己：为什么。

因为新鲜感跟喜欢最后总是会升华为习惯，当一个男人对你没有起初的那种肾上腺素冲动的时候，你是否还会很自信地认为他还是会待你如初。

一年以后的有天晚上，我收到陈萌萌的信息，她说可能要回宁波生活。

我问她怎么了，她说跟男友的日子过不下去了。

男友把她宠成了孩子之后，却对她说你太幼稚，两人度过了刚开始的“蜜月期”之后，剩下的生活只有争吵。

男友的工作越来越忙，顾不上萌萌。而萌萌整天没事做，就在家巴巴地等男友回家，回到家后吩咐男友帮自己做事情，久而久之男友变得不爱回家，甚至有些易怒。

每次争吵的时候萌萌说得最多的一句话是：你以前对我不是这样的。

男友会说：你以前也不是这样的，你现在幼稚得像个无所事事的孩子。

两个人从开始的宠溺升华到现在的对着干。

女人总是会有个通病，就是被宠爱的时候会变得肆无忌惮，迷失自己，殊不知有人宠你的时候你更要好好生活，好好经营自己。有些女生认为自己只需要经营好自己的容貌就可以了，但是相处的时间久了之后，你的内心世界跟你的容貌同样重要。

4.

当一个女生一直停滞不前，甚至倒退的时候，那个给你宠爱的男友就会成为你的“上司”。

你离不开他，并且任他摆布。你觉得你付出了自己的感情，他却似乎不领情。

我身边有太多这样的例子，也听过太多类似这样的故事，因为感情的初期总是甜蜜的，几乎都是男生无条件地为女生付出。

但是想要让一个男人对你持续无条件地付出并不能单单靠你的容貌，你需要更好的内在来吸引这个男人。

有句话叫作：始于颜值，终于才华，限于人品。很多女生会拿这个标准去要求自己的男友，其实这种标准在女生的身上也适用。

你有林志玲的容貌身材，但是你满嘴的脏话，坐姿不雅，这样的你只会在最初的阶段吸引男人，但势必不会太长久。

真正优秀的女生是哪怕没有特别出众的外貌，但她有着自己迷人的气质，以及举手投足间的涵养，那种个人魅力远比外表更加让人着迷。

所以，被人宠爱被人喜欢的时候不要迷失自己，只有你足够自爱的时候，男人才会用你爱自己的方式来加倍地疼爱你。

不将就爱情就可以将就生活了吗？

1.

随着年纪越来越大，我发现身边一些和我同龄的女性反倒是一点都不着急自己的终身大事。

每当和她们聊起结婚这个话题，她们总是一本正经地告诉我说，宁缺毋滥啊，我可不愿意和不喜欢、不合适的人将就着过一生。

想想这样的生活简直是太可怕了，每天早上醒来就要看到一个不怎么喜欢的人，还要和他生小孩，还要包容他身上所有的缺点。我现在一个人就挺好的，活得比谁都酷。

虽然我不喜欢孤身一人，也很想要找一个女朋友结婚。但是仔细想想，朋友这话说得也没错，如果硬要和一个人瞎凑合，最终只会拉低自己的生活质量和幸福指数。

现在这个时代的女性早已不再将“婚姻”看作自己唯一的归途了，不结婚、不想要小孩的想法也比较普遍。

很多人为了能嫁给爱情甘愿一直等，相信那个意中人会像盖世英雄那样突如其来地出现在你的面前。

可是你有没有想过，余生很长，如果碰不到那个能让你卸下铠甲的人该怎么办。

2.

有时候不得不接受现实，承认爱情是稀有的。

小小33岁，未婚，在一家普通的公司当文员。

在经历了很多次相亲失败后，一种深深的厌恶感便油然而生。她说，中国这个相亲大市场就像是在面试似的，相貌、工作、家庭条件，一样样明码标价，被人挑来挑去。

而推掉相亲的那一刻真的有一种如释重负的感觉，有一阵子她宁可单着，选择逃避也不愿意再去相信把幸福托付给男人这种鬼话。

她也确实单身了很久，就像很多鸡汤文里写道：我单身，但是不代表我一个人过得不好。

有段时间她一直都活得很酷，泡吧喝酒，有一两个好友可以填补周末的空虚，可是随着年龄的增长，她的的确确感到了一种从未有过的压力。

先是信用卡上的钱无数次地套现也只能还出个利息，再是身边的朋友都渐渐结了婚，借用她的话来讲，她就像是那个离群的鸟，有时候会孤独得不知所措。

其实她有很多想去的地方，想去美国的华尔街走走，还想去看看芬兰的北极光；也很想扩大自己的生活圈，去结交不同的朋友。

可现实总是残酷的，一个普通公司的文职，哪怕做到老也只是拿着一份微薄的工资，两点一线的生活根本打不开新世界的大门。

33岁，一个尴尬的年纪，已经没有了改变的动力，只能将就着活着，“不结婚”听上去很酷，其实背后的心酸只有自己知道。

她羡慕一到周末朋友圈里那些晒娃晒老公，一家三口幸福出游的闺密，她也嫉妒那些一路追逐梦想，打拼事业的女强人。

而她呢，除了单身以外，一无所有。

3.

事实上，并不是所有单身的女性活得都很洒脱。

尤其是到了一定的年龄不结婚会有许许多多的烦恼，旁人的闲言碎语，亲人失望的眼神，放大版的孤独，这些可能伴随着你度过余生。

但是如果你要问我，林熙，那么不结婚注定会不幸福吗？

答案是否定的。

为什么这么说呢，因为有一类“不结婚”的人，比起那些为了家庭终日劳累，还换不到丈夫理解的家庭主妇来讲，她们确实活得要更精彩。

就拿我以前认识的一位朋友来说，她虽然是单身而且年纪已经不小了，但是她却是一家旅游公司的负责人，有着自己的事业，自己的梦想。

看她的朋友圈，你会感叹她去过很多城市，看过很多别人未曾见过的美景，她常常奔波在各大国际会所，而和她合照的人有的是她的同行，有的是路上新认识的旅行爱好者。

在她的身上，你几乎捕捉不到任何负能量的存在，她总是乐滋滋地说起自己的每一段旅行经历，认识了什么厉害的人物，最近又在忙于参加什么活动。

而这样一位有趣的姑娘，别人的关注点不只是她结没结婚，有没有男朋友，相反更多关注的是她去了哪几个国家旅行，又发现了什么好玩的地方。

我们很多人都会打趣地和她说，像你这样的姑娘，真的活该单身。

是啊，她的生活太充实也太有意思了，就算没有爱情也能够活得有声有色。

4.

很多人其实都不想将就一份爱情，可是在不将就爱情的同时，你需要提升的是生活幸福的指数。

去培养一两个兴趣爱好，去积极参加一些户外活动，多出去走走，多出去看看，去探索去发现那些让你感兴趣，能够为你带来幸福，带来利益的事情。

不要光躺在床上去想着时间会改变现状，想着意中人会从天上掉下来，这种概率微乎其微。

先别那么悲观，我们所需要做的，就是在爱情还没到来之前，先好好地经营自己的生活，想尽一切办法让生活变得精致，有意义，让自己的精神世界跟钱包一起富足起来。

单身无聊吗，单身其实能做很多很多的事情，而对于那些不想改变又抱怨现状的人来说，单身会让一个人渐渐地变得一无所有。

虽然爱情并不是生活的必需品，可对生活的热情和实践力却是一生的春药。

因为余生很长，如果找不到爱的人，我们至少可以自得其乐，可以创造一个属于自己的小世界，而不是困在世俗圈子里自怨自艾。

所以，别再指望你的盖世英雄了，先学会拯救一下你枯燥无味的生活吧。

姑娘，为自己而活吧

1.

我身边有个姑娘，一年前和男友分手了。

为了爱情，她曾放弃过自己原本的生活，去了他所在的城市。她说：林熙，你知道吗，其实我很爱这个男人，我心甘情愿为了他付出那么多，可最终还是放弃了，你知道为什么吗？

我问她，为什么？

她说：男友特别的宅，为了他，她错过了计划了好几个月的国外旅行；男友不希望她去学跳舞，为了他，她放弃了跳了好多年的爵士舞；男友喜欢长头发的女孩，为了他，她整整养了一年的头发。

她说：林熙，我为他付出的，最终也换不来他对我的爱和理解，仿佛我所有的付出和努力他都看不到，他觉得那都是理所当然的。

我想，如果真的爱一个人，那么哪怕对方只是做了一件很小的事，也足以让我感动到窃喜吧。

就在她失恋后的大半年里，偶尔我会在朋友圈刷到她在国外旅行的照片，看到她在英国的街角散步，看到她参加了很多次爵士舞的比赛，看到她剪短了头发，一脸的自信跟利落。

有一次，我问她：你有后悔当时的决定吗？

她笑着跟我说：现在回想起谈恋爱的时候，总觉得当时的自己活得太窝囊了，对方一句我不喜欢你这样那样，我就一个劲儿地改，直到对方满意为止，可是，我过得一点都不开心。

我现在虽然是一个人，但是我终于可以不用再为任何人而活，终于可以放肆地任性，去做一切自己喜欢的事。不用再看他的脸色，也不用为了他委屈自己。

姑娘，你很优秀，丢掉那些不开心的过往，生活本该是自己的，如果还有什么理想未完成，就勇敢地去做吧。

2.

F小姐各方面条件都非常优秀，但因为到了适婚的年龄都没有对象，她妈就开始天天催她找对象。吃饭的时候说，家庭聚会的时候说，连她生日都要说：你不小了，赶紧找个男朋友让他陪你过生日吧。

F小姐也试着拒绝过，每次相亲总会找各种理由放鸽子，不是突然来了大姨妈，就是路上堵车来不了了，总之能躲就躲，到最后实在没办法，躲不过去了，就咬咬牙找了一个各方面还不算讨厌的男人。

再不带男人回家，她妈指不定下次就要一哭二闹三上吊了。

F小姐是个逗比少女，满脑子都是各种搞笑段子，污得不行。可每次她和对方开玩笑，都只会换来对方的嫌弃。

因为不够喜欢，接触的时间也不够长，怎么聊都显得不合拍，彼此都不愿意倾听对方的心声。

她的闺密、亲朋好友都劝她，年纪不小了，再拖下去结婚就是高龄产妇了，亲戚家表妹的小孩都能打酱油了。差不多就行了，结婚不就是那么一回事。

因为不喜欢，男生第一次约她出去看电影，F小姐整场都显得不自在，她没办法舒服地靠着男生的肩膀喝着可乐，吃着爆米花享受电影。她也没办法告诉这个男生，空调有点冷，你能不能把外套脱下来给我盖一下。

结束之后，男生说要一起吃个晚饭再走，F小姐面对着一个不爱的男人，觉得吃什么都没味道，她明白了一个道理，秀色可餐并不是无的放矢。

F小姐问我：林熙，我该怎么办？

我说：你试着想一下，将来面对一个你不喜欢的人，和他出门逛街的时候，不想他牵你的手；朋友们聚会的时候，你不想带着他陪着你去；甚至你们睡在一起的时候你都不想和他发生关系，这样的场面你受得了吗？

F小姐脑补了一下这样的画面，说道：妈呀，真的好恐怖，和不爱的人分分钟都待不下去。

于是，F小姐直接和男生分手了，所有人都劝她说，结了婚时间久了就都一样了，然而她真切地感觉到，如果就这样结婚了，那么她这辈子就完了。

经过这次，F小姐明白了一件事情，感情真的只有自己经历过了才懂，喜欢就是喜欢，不喜欢就是不喜欢，别人口中所谓的合适，放到自己身上来也未必能行得通。

未来是自己的，没有人会比我更清楚自己想要的是什么了。

我只知道我以后结婚一定会是因为爱情。

3.

年轻的时候，我特别的想写书，想用文字的方式去记录，去表达一些感情。我还想做一个导游，去全世界看看。可父母却希望我能有一份稳定的工作，他们建议我去考公务员。

我也无数次地想要反抗，去过自己想要的人生，可每次一想到父母那张期许的脸，我又默默地忍了。我没有坦然地去做我自己，我害怕面对父母对我失望叹气的模样。

于是，脑袋里偶尔迸发的一次小任性，以及内心深处真实的渴望，就像冬眠的野兽般悄悄沉睡在一个任何人都看不到的角落里。

毕业后，我接受了父亲的介绍去一家单位实习，我对朋友说：

你知道去一家家里介绍的公司工作是件多么可怕的事情吗，那就是你想偷懒请假的时候，公司能分分钟打电话给你爸，问你是不是病了。

你被上司骂了，受尽委屈，想要发火，拍拍桌子一走了之的时候，你想着这是你爸朋友的公司，你这样做会让你爸很没面子，最终只能忍了。

你辛辛苦苦干了一年，只拿到那么一点点的年终奖，你都不好意思和你爸说，钱太少了，我干不下去了。

不知从何时开始，我越发地觉得活着心累，要顾虑到太多人的感受跟期望，我努力地为别人而活，却唯独丢失了自己。

记不清是在午夜酒醒后的一瞬间，还是在旅途上的一次畅谈，那些最初没有底气的坚持跟愿望就像浮出水面的涟漪，慢慢地涌上心头。再回头看看自己，这一年违心地做了一些并不喜欢的事。

是啊，我顿时醒悟到，我并不喜欢现在的生活，即便是很多人都认可的，但他们并不是我，不能体会到我真实的感受。

我为什么要为了别人，偏偏牺牲了自己呢。

4.

我想起一位特别“勇敢”的姑娘，放着好好的事业单位不做，跑到北京去跟朋友合开音乐酒吧，在所有人都反对的情况下，她还是拉着行李箱义无反顾地走了。她在临走之前和我说：林熙，人这一辈子，一定要为自己活一次，不要给自己留遗憾。

她父母因为她的任性整整三个月没有给她打过一个电话，更没有给她打过一分钱。

她每天都要工作15小时以上，从晚上酒吧打烊开始打扫卫生，到第二天一早准备晚上营业的酒水果盘。

她那么努力，为的就是要证明：就算所有人都说我任性，我也要努力做自己喜欢的事，并且挣很多的钱，过得比谁都好。

麻烦那些不能理解我的人，统统闭嘴。

甘愿为理想所累，去做自己认为该做的事吧，弱者才会去遵循别人。

就算没有人会理解也请别放弃，一辈子说长不长，不要辜负了自己的初衷。

没有人可以主宰你的生活，你就是你，世界上独一无二的存在。

试着酷一点，喜欢什么就去做吧，抓住青春尾巴，潇潇洒洒地活。

我可以不拥有全世界，但是我不能不为自己而活。

那些辞职在家当阔太太的女人有多爽

1.

你见过最虐狗的秀恩爱的套路是什么？

我想已经不是情人节一大束俗气的玫瑰，两个人手牵手甜到爆炸的合照，而是脱口而出的一句：亲爱的，我养你吧。

你不会赚钱不要紧，被别人欺负了也不用忍，我会赚钱养家，会给你想要的幸福。

这句情话无疑感动了大把的女生，让她们甘愿放下一切做男人背后的小女人。

朋友Kiki结婚半年，她的第一份工作因为上司的各种语言性骚扰而结束，她的老公强烈要求她辞职，说要养着她。

辞职后的Kiki也听从了老公的意见，从此就乖乖待在家里做一些简单的家务活，家庭所有的收入来源也都依靠老公。

她老公是名业务员，赚得好的话一年能拿三十多万，无房贷车贷的压力。

很多人知道她辞职后一直在家玩玩网游，逛逛街，都羡慕得不行，平时碰面了还会陶侃她两句：怎么样，辞职在家当阔太太的感觉不错吧。

Kiki每次都笑而不语，她告诉我说，其实刚辞职的那会儿，在家待着确实爽，一觉睡到上午10点，下午没事看个电视剧，累了就出去逛逛超市买点东西，顺便给老公准备晚饭。

可这样的日子过久了，总觉得一天天都无所事事的，坐在电脑前超过三小时就倍感焦虑。

老公虽然每天不管应酬到多晚都会回家，但两人之间的沟通明显比以前少了很多，Kiki有时候还会因为在网上看到的一篇男人出轨的文章而胡思乱想，甚至会控制不住自己的情绪乱发脾气。

她看中了一条六百块的连衣裙，老公嫌贵不肯买；她说自己想开个淘宝店赚钱，老公一脸的鄙夷；她计划着两个人节假日去哪旅游，老公却说忙没空。

Kiki说，其实有时候内心特别的自卑，感觉和社会脱轨了一样，连当初那点小小的梦想也被抛到了脑后。

2.

长期待在家不工作，靠男人养的女人到底有多爽？

怕是各种滋味，各种酸爽啊。

一方面，她们享受着别人羡慕的眼光；另一方面，她们很难长期忍受一个人在家没人说话的状态，会想东想西，安全感降为零，又没有底气再去支配自己的人生。

所以，如果你的银行卡上没有存款，精神上又不够富足的话，那么请记住，哪怕你嫁的是个富二代，也不要随随便便在经济上和精神上去完全依赖一个人。

当然，我并不是指全天下的男人都靠不住，而是你要相信，如果所有的“一辈子”都能奏效的话，就不会有今天许许多多原本相爱的恋人走向终点的例子了。

没错，时间会推动剧情，也会让一切人事发生天翻地覆的变化。就像岁月能让女人脱胎换骨，也能让女人熬成怨妇。

其实无论在哪一段感情里，所有好与不好的结果往往都取决于过程，一个女人不管在婚姻里还是在婚姻外，都要在过程中找到自身存在的价值。

而这个价值至少不能单纯地停留在“你爱他，他也爱你”的层面上，更不是雇一个保姆就能轻易取代你的位置，虽然自古以来女人一直都只是生儿育女，操守家务，分外的事情都交给男人来办。但很明显，这个年代已经过去了。

现在独立的女性不仅在职场上可以和男人并驾齐驱，在生活上也过得既浪漫又有情调。

但是有些女生一旦结了婚就变得不酷了。在这里我想说一句，姑娘，哪怕你结了婚，也不要轻易丢掉你的工作，你的朋友，你的生活，你的自我和尊严。

3.

我曾和一个出轨的男人聊过天，他不算很有钱，却依然愿意把钱花到其他女人的身上。

我问他，你老婆难道对你不好吗，还是你的出轨对象长得有多好看？

他说，我老婆长得比她好看，对我也关怀备至。

我不理解地问，既然你老婆那么好，那你为什么还出轨。

他说，自从老婆辞职在家后，不化妆不打扮，明明不用上班还天天像个怨妇一样，这个不满意，那个不满意的，变得无趣又难看。我知道她平时在家又做家务又做饭的也累，但作为男人，我实在不想每天一回家就对着这样的她，影响心情。

我想，无论如何，出轨在道德上和原则上都是不对的，但依然无法阻止某些男人在外面拈花惹草。

婚姻只是一纸契约，它最多只能在法律上给你保障，但你过得幸不幸福只有靠你自己去努力，去争取。

4.

所以啊，不要再妄想结了婚以后就可以一劳永逸靠男人来养了。

高贵的女人从来就不会领着男人给的工资，在家安心地做着保姆，还一边炫耀着“被养”的爱情。

她不会急于满足和感动男人一时的承诺和所给的甜蜜，她会把“这份好”默默地放在心底，然后去追求更完美的自己，同时鞭策、支持、帮助自己的男人变得更好。

虽然女孩子普普通通地做着一份工作很难发财，但至少能让你输出自身的价值，经济独立也是你活着的底气。

不要输给那些同样比你努力的女孩，也不要沦为被社会淘汰的牺牲品。

愿你们事业、家庭与美貌并存。

你混得那么差，一定运气不好吧

1.

在小南给我讲述了他的故事后，我突然想到《阿甘正传》里印象最深的一句话。

你是不是傻瓜？

妈妈说做傻事的才是傻瓜。

小南是个银行正式职员，他说他一毕业家人就托关系帮他找到了这份工作。

同寝室的室友们都十分羡慕小南。羡慕他有一份体面的工作，羡慕他有着稳定的高收入，羡慕他未来的“钱”途无限。

有天他跟我说：林熙，我要辞职！

我惊呆了：你小子每天数钱把脑子数坏了？多少人挤破脑袋想成为银行的正式员工，你倒好，要辞职？追你们副行长的女儿被发现了？还是银行指标太重，压力太大了？

要不我把我的老婆本存你柜台去？我安慰道。

小南说：你懂个球，我快压抑死了。每天面对着一张办公桌，数着一堆永远不属于自己的钱，吃着万年不变的工作餐，我感觉我的人生就要完蛋了。

林熙，我今年才26岁啊，但是我仿佛能够看见我54岁时的模样，这样的人生太可怕了。

2.

小南还是毅然辞职了，他背着家里拿出了所有的积蓄，在当地一个创业园区租了个20平方米的办公房，成立了一个工作室，开始了他的创业历程。

他和我说：林熙，这件事没过多久，就被我爸妈发现了，我爸知道后气得差点把我从祖谱上除名，而且还封锁了我离职的消息，生怕传出去我给他们丢脸。当时我就憋了一口气，老子一定要成功！

刚开始的三个月，我几乎每天都要工作15小时以上，为了提高公司曝光率，白天我扫楼派发名片，晚上回来一家家地整理资料。你知道吗，运气好的时候一天能要来几张名片，运气不好的时候连他们公司的负责人都见不到，最过分的一次对方直接当着我的面把名片丢进了垃圾桶。我看着他满脸的不屑，差点没忍住想上去揍他。

公司最穷的时候，我连着吃了一个月的馒头，抢了一个月的红包，还都是几分几分的。

下次别吃馒头了，来找我，我带你吃肉包子啊。我调侃道。

现在他的公司在当地属于小有名气，很多人提起他都会说：他就是家里关系广，运气好一点罢了。

小南从来不解释，因为如果要解释的话，可能要讲好几小时。

其实人生就像个百宝箱，每个人手中都握有一把开启箱子的钥匙，但是岁月会让箱子蒙尘，生锈；有些人因为尘土太厚，失去了寻找它的耐心；而有些人拍开尘土发现锈迹斑斑的锁孔就放弃了，最后他们丢了钥匙，就这样随波逐流，安于现世，永远也体会不到开启宝藏后的惊喜与满足。

3.

最近我发现很多人有个通病，看见长得好看的女人，第一反应就是整容的吧？脸上打了好几支玻尿酸吧？但凡年轻貌美事业有成的，不是二奶就是小三，要么就是有个超级有钱的干爹。

琳琳就是这样一个被误会的姑娘。那天一到公司，同事小西就在我耳边说道：林熙，运营部来了个新人，长得可漂亮了，重点是还开保时捷的，啧啧。

尴尬，今天出门没洗头啊，果然命中没有桃花。

刚在内心吐槽完，我就看到一个身高近170cm的长腿美女从我身边走过，坐在了我对面的办公桌。

小西向着美女的方向瞄了一眼，低头跟我耳语道：喏，林熙，就是她。

多数人看到这样的女生，总会有一种距离感，觉得不容易靠近，可琳琳不是，她对所有人都十分客气。

第二天上班就请我吃了小龙虾，还给全公司买了下午茶。

4.

有一次部门聚餐中小西忍不住问道：琳琳，你那辆保时捷是你家里人给你买的吗？

琳琳回答道：这是我在大四的时候自己挣的。

天哪，我听到这句话，刚夹起的牛蛙掉桌上了。小西顿时瞪大了眼睛问：什么？你自己挣钱买的？开玩笑的吧？

琳琳被她的表情给逗乐了，笑着说：我大三的时候在淘宝上开店卖女装，积累了一定客源后就自己找工厂打版做款，运气还不错，没多久就卖断货了，这辆车就是在那之后买的。

那你还来上什么班，还看得上每个月这么点的工资？

她说：你不知道，别看着做淘宝轻轻松松就赚到钱了，那都是别人不懂我们这一行，其中的苦你们是不知道。当时为了多认识厂家，我要经常去和他们吃饭，很多人看我是淘宝店主，长得还不错，就会说是靠脸来卖销量的，甚至还有厂家喝多了让我陪他睡觉，说免费给我做衣服。

后来大学毕业了，淘宝竞争也越来越激烈，生意也没有以前那么好做了，我就让我姐接手去了，我觉得还是踏实地找份工作来得重要。

琳琳和我说：林熙，你一定能懂那种感觉吧，你在身后所有的付出，可能在人眼前只是你通过某种手段，或者好运换来的。没有多少人会看到你流了多少汗水，更多的人只看到你耀眼的瞬间。

如果运气好就能赚到钱的话，那我宁愿中五百万。

5.

其实混得好从来就没有什么运气啊，出身好，赶上商机什么的，这些注定只能是锦上添花。

人们往往会这么想，是因为我们会自我安慰，安慰自己说别人也没有付出什么，别人并没有比自己更努力，别人其实和自己一样，只是运气好罢了。

但其实这种自欺欺人的想法，一直都扎根在每个人的脑海里。没有人不想偷懒，如果偷懒也可以赚到钱的话，我现在巴不得马上丢下键盘跑去马尔代夫晒太阳看美女。

可现实就是那么残酷，你不付出，别说什么好运、商机不降临，就算它降临了，你也抓不住，因为你没有准备好。

在我写公众号的时候，我的母亲曾疑惑过，问我写这些东西都没人看，有什么意义。我的父亲甚至一度怀疑我的文章是从网上抄来的。

我一直都告诉自己，我现在写的每一篇文章都是为了我的成功做积累，没有人是一夜爆红的，有的只是厚积薄发。总有一天我也可以写出几百万+的阅读量。

人的潜能是可以挖掘的，当你说太晚或者没有时间的时候，它只是你退缩的借口，没有谁能阻止你成功，除了你自己。

所有的成功都不是偶然，你有多努力，就会有多成功。

你不会花钱的样子真让人难过

1.

有一天下午下楼的时候，迎面吹来一阵冷风，我不禁连打了两个寒战，这样的天气，我看见我爸居然在楼下洗车，我问他，天那么冷，你洗什么车。

我爸说，今天休息，闲着也是闲着，就把车洗一下。

说真的，南方的冬天特别的阴冷，我在家洗手都是用温水洗，实在没法接受我爸在大冬天用冰冷的水洗车，我拉开我爸，说：你能不折腾了吗，难得休息，上楼躺在被窝里看电视不行吗？洗车就送到洗车店去啊。

我爸说了一句让我语塞的话，我爸说：这不是省钱吗？我和你妈年纪都大了，很快就该退休了，你都还没结婚，我们得多给你存点钱让你风风光光的。

我突然联想到，我妈一个包破了，坚持用了两年，我和她逛街的时候，让她买个新的，她说，专柜的太贵，改天去城隍庙买一个就行了。我爸一双皮鞋旧了，一直没扔，擦擦鞋油又穿了一年。

他们真的是不会花钱吗？难道他们就不知道给自己买点好的，用点好的吗？花钱那么容易一件事，我五岁的侄子都会了，难道父母真的不懂吗？

他们不是不会花钱，更不是传统观念作祟，节省习惯了，他们只是把这些没必要的开支都省下来留给了我们。我妈吃饭的时候从来舍不得吃我爱吃的菜，偏生说自己不喜欢吃，这个谎言我一直到成年才明白。

我爸一年多少能挣个二十来万，逛商场的时候一根杰尼亚（意大利男装品牌）的皮带看了又看，最终没舍得买，在我生日的时候却给我送了根爱马仕的皮带。

有的时候，我觉得不会花钱比不会挣钱更可悲。

2.

我突然想起，我在某个晚上收到过一个读者的留言，他说：林熙，我是做建筑行业的，你们总是在调侃自己是搬砖的，但是你知道吗？我身边接触的全是这样的人，你知道一个农民工的日薪是多少吗？在一个二线城市，一个农民工的日薪在220～380一天。

月薪你可以自己计算，当然，也许在你看来，他们的薪资算不上很高，也不是很会赚钱，充其量只是拿自己的时间和汗水来换金钱，和很多企业家没法比。但不能否认的是，其实农民工的工资绝不算低的。

但是你知道吗？他们一丁点儿都不会花钱，甚至连一个刚毕业的应届生都比不上，一件大衣破了，修修补补穿了好几年，冬天的时候怕冷，就在鞋子里多垫一点棉花，多穿一双袜子。

农民工就不会花钱了吗？当然会！但他们有家庭，有责任，他们把钱都留给了孩子，尽管很多时候，孩子会用父母省下来的那些钱，在KTV请朋友潇洒，声泪俱下地唱着《父亲》，罔顾因穿着打扮不时髦被自己嫌弃，从来不敢在人前亲昵的父亲。

你说，父母操劳了一辈子，在他们人生中最有钱的日子里，把钱都省了下来，给我们用，他们图什么？

他们就是希望你能过得比他们好，比他们有出息。因为他们还不够富有，所以他们只能通过省钱的方式来让你过得好一点。

说真的，你现在过的每一天都是他们辛苦付出的汗水。

3.

我身边有一个女性朋友，年纪很小，人也长得很好看，关键是特聪明，短短几年就挣了很多的钱，据我了解，她一个月的收入可以抵得上她父母半年的总和。

她非常的孝顺，每个月都会给父母打一笔钱过去，希望他们能对自己好一点，该吃吃，该买买，冬天了可以买两件好的羽绒服。

可突然有一天，她母亲给她打电话说她父亲高烧不退，她赶回家去看望父亲，医院检查出来说是太疲劳加外感冒引起的。

她看着生病的父亲，非常的生气，她问她妈，自己明明每个月都往家里打钱，为什么父亲身上穿的还是两年前那件大棉袄，为什么大晚上还总是要去小区做保安？不是说了，让父亲别去干活了？不是说了，冬天了去买两件好的羽绒服穿？

她说，你们就那么不会享受日子吗？非要这样让人操心吗？钱挣来不就是花的吗？

她母亲说，你每个月打回来的那些钱，都让你爸存起来了，你爸说你花钱太不节制，在外面总是大手大脚的，说你的工作也不稳定，怕你将来哪一天突然就没钱了，家里好给你留个后手。

4.

有些人会说，不是我不给父母钱，只是他们不会用，所以我还不如自己花。

你说你每个月都会给家里打钱，可他们就是不舍得用，这个省那个省。

你说父母思想老旧，给他们买新衣服，他们总不要，说自己随便穿点就好。

你说逢年过节的，带他们出去旅行，他们说在家挺好的，让你自己去玩开心就好。

我想问问，你真的觉得父母就不懂得享受，不懂时尚，不爱旅行吗？爷爷奶奶出个门都还知道梳妆打扮，父母就不知道了？

如果他们真的省，你在给自己买衣服，出去玩的时候他们怎么不拦着你，只是会唠叨两句说让你早点回家？

归根到底，他们省，只是为了把钱留给你罢了。

担心你在外面花钱太厉害，怕你钱不够；担心你以后成家了，怕你没钱买车、买房、买奢侈品。宁愿自己委屈点，也希望你在外头能够风风光光的。

如果可以，下次想给他们买羽绒服的时候，不要问他们要不要，去商场直接买好寄回家里。

如果可以，逢年过节想带父母出去旅行的时候，不要问他们想不想去，直接订了机票，订了酒店。

如果可以，在你给家里打钱，他们舍不得用的时候，告诉他们，将来你会挣更多的钱，只有他们照顾好自己了，你才能安心在外打拼。

多希望你的父母不需要再为你省钱，多希望他们出门在外花钱的时候，能自豪地说一声，这是我家小孩给我的钱。

不要再炫耀你的LV了好吗？

1.

这世界上就是有许许多多不劳而获的事情。

妮妮和我说，比如自己辛辛苦苦开了个淘宝店，日夜颠倒地工作，好不容易赚钱给自己买了个LV的包包打算犒劳自己。就有女生皱着眉头拼命地数落你，说女生用自己的钱买奢侈品就是败犬，这些东西和男人约个会，撒个娇不就有了。

女人本来就是拿来宠的，包包、口红、化妆品、旅游，这些难道不应该都是男人买单？女人嘛，只要找个有钱的，轻轻松松过日子就好了。你那么独立，小心活成一个女汉子没人要。

妮妮说自己回去后差点就被这些女生的言论洗脑，看着她们每天乐此不疲地晒包，晒口红，晒香水，晒和不同男人的合照，俨然活成了朋友圈里的“富婆”，仿佛就是在嘲笑我们这些自食其力的女人。

她问我，林熙，我那么努力地赚钱，让自己过上更好的生活是错的吗，为什么在有些人眼里我活得很失败？难道作为一个女人，靠男人不劳而获才是正确的？

我说，当然不是这样，你的包是自己赚钱买的，你今天所拥有的一切也是靠自己的双手得来的，没有什么比这个更值得骄傲的。

更何况，就算是借着谈恋爱的名义，一味地索取只会让一个男人看低你，物化你。

不管那个女生长得多漂亮，身材有多好，如果什么都不做，什么都不付出，还沾沾自喜地周旋于各种暧昧的境地，以为全天下的男人都会为了她买单。

说实话，男人又不是什么傻子，充其量你也只是一件被消费的商品罢了。

2.

不知道从什么时候开始，不劳而获成了一种可以炫耀的资本。

可可说，她越来越不明白她们单位里的有些女性。

就好比自己前阵子升职了，为了奖励自己就买了套首饰，身边一同事就大惊小怪地说道，你自己出的钱？不是应该男朋友买给你吗，这样的男朋友不分留着过年？

她实在是很不能理解同事的想法，怎么自己掏钱买个首饰就严重到要和男朋友分手的地步了？

即便是在一段感情中，男人也不是ATM取款机，伸手拿别人的难道不用有所偿还？

她的这位同事还经常炫耀自己的家庭，说父母是警察，交通违规的记录也可以随意删除，说自己在家不用带小孩、做家务，整天躺在沙发上等晚饭就行，还说很多男人曾给她送过各种奢侈品的包跟首饰。

虽然不知道这些事情的真实性有多少，可可说，我始终认为一个女人最值得炫耀的是自己的作为和成绩，而不是那些不劳而获的财富和权力。

哪怕你在人前说得有多么光鲜亮丽，他人都不会打心底里尊重你。

3.

有一段时间特别流行“别人家的男朋友”，例如，别人家的男朋友都是怎么用红包哄女朋友开心的，别人家的男朋友都是怎么对女朋友好，买买买的。

在很多人眼里，那种又美生活又潇洒富足的女生都是靠男人致富的，她们一定都有个“别人家的男朋友”吧。

可现实往往是相反的，我身边的很多大长腿、颜值高的女性朋友都是又专一又会赚钱的好姑娘，比起其他人炫耀自己男朋友的好，她们炫耀的反而是自己送给男朋友的礼物。

是啊，没有人可以在感情中一劳永逸，我们只看到别人家男朋友的各种好，却往往忽略了女生在这段感情上的付出。

那些看似站在物质金字塔顶端的绝大多数漂亮女生，与其说是靠男人，不如说是靠自己，一步步才走到了现在，并收获了爱情。

朋友说，她实在是很难理解一些女生的三观，明明可以靠自己的双手努力赚钱，偏偏却以被包养为骄傲；明明可以谈一场势均力敌的恋爱，偏偏却在感情上过分地骄纵、贪婪，还总是带着鄙夷的目光看待那些独立的好姑娘。

4.

我觉得一个女人最酷的样子，是她靠自己的能力活成了自己想要的样子，她可以想去哪儿玩就去哪儿玩，可以把父母照顾得很好，可以不靠他人的脸色尽情支配自己的人生，无论活到什么年纪都一脸坦然，没有攀比，也不曾大张旗鼓地炫耀过什么。

而不是你今天花了哪个男人的钱买了一个LV的包，明天又刷了谁的卡去吃了一顿昂贵的日料，为了物质走各种捷径甚至是出卖色相，事后还扬扬得意地各种晒，觉得自己得来全不费功夫，嘲笑那些自给自足的人全是傻子。

对不起，你所拥有的奢侈品，你朋友圈上所晒的任何东西，你都不配拥有。

想要更贵的东西，这无可厚非也并不羞耻，羞耻的是骗别人的钱还引以为豪。

毕竟拿人家的手短，欠别人的情难还，想要什么就自己给吧。

不劳而获使人堕落，自食其力的拜金才最酷。

你配不上我的善良

1.

这世界是80后的，也是90后的，但归根结底，还是脸皮厚的。

这是出自电视剧《爱情公寓》里的一句台词，也是我和朋友经常拿来调侃胖子的一句话，胖子天生脸皮厚，谁说他他都不在乎，成天乐乐呵呵的。

因为他脸皮厚，丝毫不在意别人的白眼、拒绝和冷漠，所以公司里跑业务跑得最积极的那个人是他，每个月业务量最高的那个人也是他。

朋友和我感慨了一句，说：这年头，果然脸皮厚才能得天下啊。

所以现在很多人都希望自己能脸皮厚一点，这样生活也会变得更好一点。

但是如今我发现世道变了，有些人完全曲解了这句话的意思，不再是对别人豁达一点，对自己拉下面子去争取。而是变成了不要脸，只要你不拒绝，他们还真可以厚着脸皮为了一己私欲而损害他人的利益。

两者的区别就是一个有节操，一个不知节操为何物。

2.

这世界上老实人永远最委屈，别人觉得他脾气好，善良，所以麻烦他多做点事那也是天经地义，谁叫我们是同事，是亲戚，是朋友呢？

可可是学设计的，不知道是不是因为身边人对这一行的需求比较多，总是动不动就有人来找她帮忙PS照片，做几张图。

虽说她平时工作生活也挺忙的，但是总觉得大家都是同事、朋友，不帮别人挺不好意思的，所以她几乎都会应承下来。

她之前有个同事，离职后开了家外贸公司，由于公司刚起步想节约成本，所以那些名片，Logo，大大小小琐碎的设计全让可可做了。

直到有一天，那个同事直接发了一个文件夹给可可，说这个礼拜要用图了，让她赶紧帮忙修一下里面的图片。

可可一打开同事发给她的文件夹，整个人都蒙圈了，里面大大小小的图片70多张，每张图片要改的东西也很多。

她当时就很负责任地告诉同事，这些图两三天工夫是修不好的，至少要一礼拜的时间，再说快到年底了，自己公司也挺忙的，经常加班。

结果同事就不高兴了，说，哎哟，本来我还以为我们同事一场，才交给你做这些的，你说了这么多还不是想要我给你钱啊。

当时可可看到这句话的时候，委屈得脸都红了。

最后她问我，林熙，我一次次地无条件帮她，难道是我错了吗？

生活中总有很多这样的事情，你为他人着想，辛辛苦苦为他做点事，却丝毫没能换来对方半点感恩。你老实，他就觉得说你两句也可以；你善良，他就觉得能得寸进尺；你给他脸，他就可以不要脸了。

我对可可说，有时候，你的善良得有锋芒，该拒绝的时候就得拒绝，触碰到底线的时候，无情一点并没有错。

真的，那些好意思为难你的人，其实也都不是什么好人。

3·

有个读者曾在微信上告诉我说，自己男朋友失业的那段时间，平时吃的用的都是拿她的信用卡刷的钱。理由是，以后等他找到工作赚钱了，会给她买衣服、买口红，把钱还给她。

她的家庭条件是比男朋友要好一些，自己又在外面开了家美甲店。

有一次，男朋友约了几个妹子去酒吧喝酒，到了结账的时候，他用她的信用卡刷了四五千，事后当他女朋友质问他这件事的时候，他反而恼羞成怒地说，我不就刷了你四千块钱，用得着通知你吗？你去一趟香港还不是用掉一两万？

她告诉我说，林熙，他是我的初恋，我很珍惜这段感情，也为了他妥协了很多事情。我当初把信用卡给他用，是想要帮他渡过难关，而不是让他肆意去挥霍的。他明明知道我这个月店里资金周转不过来，信用卡都还不出，你说他过不过分。

为什么每次和他讲理，好像错的人都是我。

有的渣男会利用你对他的感情，一次次地刷新你的底线。你以为那是爱，是包容，他却觉得一切都是理所当然，到了最后反而变本加厉，为所欲为。

人不要脸到了一定的境界，你跟他讲道理、提道德根本就是个笑话。

该甩脸的时候千万别心软，你对他柔软就是对自己残忍。

4.

我们总能在这个社会碰到一些人，他们心安理得地占用你的个人时间，借用你的钱财，甚至是抄袭你的劳动成果，还能活得比谁都理直气壮。

这样的人会口口声声和你称兄道弟，张嘴闭嘴就和你谈感情，你要是个烂好人，就只能认命吃个哑巴亏。

借出去的钱还不回来了，帮出去的忙被当作理所应当，委屈自己却成全了那些厚颜之徒。

最令人心寒的是，当你出了点事情需要帮忙的时候，没准他就消失了。

所以，永远不要为了怕伤害别人而违心答应一些触犯自己底线的事，无论是友情也好爱情也罢，都要学会适当地去拒绝。

干吗总给别人脸，要知道你把善良放在一个“不要脸”的人身上真的一点都不值。

为什么要去讨好了别人而亏待了自己？

有些人根本就配不上你的善良。

二十多岁的你，觉得生活没意思？

1.

曾经在微博上看到过一篇报道，说北大有将近四成新生认为活着没意义，30%的学生厌学，只因得了“空心病”。

这是多么让人震惊的一件事。

在多少人眼里，像北大清华这样的名校是每个学子毕生都在追求的一个目标，能够考入这样一所大学的才子们，都前途似锦，还有什么好迷茫的。

有人说，可能是厌倦了从小到大按部就班的生活，突然回过神来，发现自己除了读书以外没有目标，没有业余爱好，也不知道自己的人生究竟有什么意义。

也许是身在快节奏的时代里，越来越多的年轻人常常处于一种迷茫的状态，仿佛前方迷雾重重，突然就找不到方向。

被动地选择了一份前景不错的专业，理所应当地上了一所大学，毕业了之后，追随着大众的脚步往人才市场里挤。

不知道自己的梦想是什么，没有激情和目标，仅仅是被动去选择，成为一具没有灵魂的躯壳。

2.

记得小时候的我特别爱看小说，因为小说里的故事总是很精彩，会让人猜不到结局，小说里的人物总是过着与众不同的人生。

而长大后的生活，并没有小说中的那么精彩，虽然会有许许多多的琐事，但是却过着和别人大同小异的人生。

因为整个社会在你毕业的时候就会告诉你：少矫情多赚钱，早点结婚生子，这样的人生才是成功的，其余的都不重要。

小米毕业前的梦想一直是当一名编辑，她以前是个正儿八经的文青，还经常在网上更新博文，读书的时候有一次她在政治课上看小说，还被班主任逮了个正着。

高考结束那年，她没能考上理想的大学，投了很多书稿都没了消息。眼看着身边的同学都填了一个就业前景不错的专业，再加上父母的百般说教，慢慢地，她也随大流地填了一个相同的专业，也渐渐地放弃了写作。

毕业后的她也随波逐流地找了一份稳定，却说不上喜欢的工作，上下班两点一线的生活过着过着就厌倦了。

于是，只要是她一个人过周末，她就会和我抱怨起生活的迷茫，她说，每当到了年底，就感觉自己什么都没有做，浑浑噩噩的一年又过去了。

想结婚却找不到志同道合的男朋友，想辞职却找不到喜欢又合适的工作。

随着年龄的增长，看到公司里的人有的忙着谈恋爱，有的忙着准备英语考级，再回过头来看着止步不前的自己，一股焦虑感油然而生。

她说自己有时候很羡慕我能从事自己喜欢的职业，能坚持过自己想要的生活。

不像她，总是纠结着未来，每一步都走得小心翼翼，最后却活成了别人眼中的自己。

而这样的生活，根本就不是她想要的。

辜负了自己的理想和追求，换来的却是毫无乐趣的生活。

3.

其实每次一谈到理想，身边就会有人一本正经地跳出来和我说：这个社会的价值观就是这样，大家都是这么在活，你何必去做那一个与众不同的人。

就算你有追求又能怎样，只要你没成功别人就不会认可你。

所以现在越来越多的人迷茫归迷茫，该工作的工作，该相亲的相亲，梦想是什么，能当饭吃吗？怕只是停留在青春期时的叛逆吧，终将会被现实打击得一无所有。

特别是当你信心满满地交出一份满意的答卷，却出乎意料地得到一个不及格的分数。

那时的你，除了深深的挫败感之外，也不知道接下来的路，到底该如何去走。

于是，害怕走错路的我们，往往选择了一个最不会出错的将来。

这样错了吗？

没错。

只是你一旦接受了这样的设定，就不要再抱怨生活的种种，也不要再去嫉妒他人的成功。

毕竟，你从来就没有真正意义上去坚持过任何事情。

4.

想起我在大学时的一段经历，那时候的我整天无所事事，坐在电脑前天马行空，没有方向，没有目标，摸不清东南西北，也不想到处闯荡，而脑海里偶尔也会浮现类似“活着的意义是什么”这样无法解答的难题。

记不清大概是从什么时候开始爱上文字这种表达方式，我会利用很多空余的时间来写作。

这种习惯一直坚持到了现在。在大学里，写作填补了我大部分的生活，它让我在迷茫的时候学会认真思考自己的未来。

我一直很赞同一句话：“大学是自己的大学。” 不要盲目地去跟风，不要被环境的纷繁所影响，你一定要有自己的想法，遵从自己的本心。

哪怕这个目标有多么的与众不同，也要坚定自己的想法，因为你总会找到和你一样志同道合的人，而这样的人生才是真正属于你的。

就像有时候我们看选秀节目，会很佩服那些前来海选的人，明明冠军的头衔就只有一个，淘汰的环节非常残酷，可还是有千千万万个人来参加。

因为他们心中都有自己想要做的事情，肯为之去坚持。当你知道自己究竟想要的是什么并付诸行动的时候，生活自然而然地会为你亮起一盏明灯。

5.

听过一句话：如果没有高贵的理想，灵魂就会“失重”。

你不要以为安逸的生活就会很轻松，其实“无趣的生活”更能消耗你体内的能量。

无聊的工作，无趣的朋友和伴侣，才是让你一生都会觉得“不舒服”的地方。

可能现在的你，站在人生的分岔路上，完全不知道自己想要的是什么；又或者做着一份自己不喜欢的工作，苦苦挣扎在生活的边缘，每当夜深人静时总会感叹又浪费了一天的时光，虽碌碌无为却懒得去改变。

但是你一定不要停留在原地，试着独立去思考，你总能慢慢寻找到生活中那些富有意义的事物，不要放弃自己的兴趣爱好，不要轻易就把那些说出口的梦想抛到脑后。

试着自己去做一些选择，而不是别人替你选择。

当你有所追求的时候，生活自然会过得越来越充实，也越来越有意思。那时，忙碌会消除你所有的迷茫。

二十多岁的你，别总是把“活着没意思”这句话挂在嘴边。

你觉得生活没意思，生活还觉得你没意思呢。

一个人，是活得最漂亮的时候

1.

某天加完班大概七八点的样子，想起许久没联络琦，我便跟她约了一起去夜排档吃龙虾喝酒。

琦是个很特别的人，外表看上去很文静，讲话也很有礼貌，其实她骨子里特别自我。一般不熟悉她的人跟她接触，会觉得她特别好交往，但真正认识了就会发现，你很难进她的内心世界。

前段时间，琦喜欢上一个男生，对他展开了铺天盖地的追求。

他无聊的时候，琦会放下手头的工作第一时间陪他聊天。

他不理她的时候，琦就会抱着手机傻等，但决不会打扰。

他喜欢打游戏，琦就在下班后一个人跑网吧，足足练了好几个通宵。

不管他在干吗，琦都无时无刻想和他说话，和他在一起。

我问她：你觉得女追男，丢人吗？

琦说：我不在乎别人的眼光。

我接着问：那你追到了吗？

琦说：没有，他觉得我太作了，不应该这么小女生天天缠着他。

琦表白的那天，将这个男人的朋友圈从三年前开始看起，一条一条地留言回复。

琦说，她想了解他之前的生活。

我告诉她，你用错了方法，哪有男人会喜欢这么矫情的姑娘，你有看一千条朋友圈的时间，不如多去拍几张性感的照片发给他。

琦说，没关系，我只是用我自己的方式去喜欢一个人，这就是我，全世界也就只有我一个。

是啊，我们都要尊重别人对各自“井猜绳命”的表达。

这个男人拒绝了琦有错吗，并没有。

琦最终离开了他有错吗，也没有。

一切都只是因为每个人的表达和接受的角度不同。

看到小清新不要说文艺，看到二货不要说脑残，看到感性不要说矫情。

每个人都有他自己的表达方式，如果你不喜欢，只能说明不是为你准备的。

如今琦仍然还是单身，可她活得比谁都漂亮，爱就是爱，不爱就是不爱。一切都遵从她的本心而活。

2.

卢是我初中的同学，前段时间离婚了，离婚的原因是老公在外面赌博欠了一屁股债，还把家里的车子也输掉了。

离婚后，卢一直一个人带孩子，她的父母不忍心看她那么辛苦，就叫她赶紧再去找个老公，卢一直不同意。

卢的父母认为，一个女人到了一定的年纪就应该结婚，如果离婚了更应该抓紧时间再婚，不然等青春过了，什么好男人都没了。

卢深知，之前的婚姻之所以失败，就是因为父母催得太急，在她还没认清那个男人的时候，就匆匆结了婚，才会导致现在的情况。

所以她宁可一个人带孩子，也绝不会因为想结婚而找对象。

我问她，但是你现在一个人不孤单吗？

卢说，我现在一个人反而觉得蛮好的，孩子带累了，就抱去给父母带带，自己偶尔还可以出去走走，和朋友喝喝酒，一身轻松。

她享受现在独处的时光。

3.

年轻的时候，觉得有人陪就好，干什么其实都无所谓，有人陪着玩去哪里都可以，所以我们渐渐忘记了思考，也对别人的意见深信不疑，比如有人说什么东西好什么东西不好，你想都不想就全盘接受了。

我曾认识一个特别勇敢的姑娘，她在三年前辞去了公务员的工作，因为特别喜欢国外的文化与音乐，就独自跑到澳大利亚求学。

她说，刚开始过去的时候觉得特别苦，没有朋友，也没有可以依靠的亲人，有时就连吃饭上个厕所都担心餐盘会被收掉。

因为没有可靠的经济来源，攒下来的那些钱刚过去把学费一交就剩得不多了，于是她开始疯狂地找工作。她在课余时间去一家当地的比萨店做兼职，帮人送比萨，用来维持她在国外的开销。

那些最难熬的日子无非是一个人累得想哭身边却没人可以陪着说话，无数次挣扎跟放弃背后，她还是坚持了下来，并且认识了很多朋友。

她告诉我，在国外有国内看不到的风景。虽然留学生涯并没有想象中那么美好，但是一个人的时候，仿佛激发了自己无数个可能性，我开始认真思考每天的生活，开始给自己制定目标跟计划，不再像以前那样过得懒散，浑浑噩噩。

要知道，在很久以前，我都不敢想象自己可以一个人生活。

现在回过头来看看，一切是多么的不可思议。

姑娘，为你鼓掌，就是一个人刚开始时的各种辛酸，才造就了你如今与众不同的美丽。

4.

我一直都有个梦想，就是环游世界，邂逅全世界的美好。

读书的时候经常会约上三五好友一起去旅行，可随着年纪的增长，身边的朋友开始变得忙碌。

于是我开始踏上一个人的旅程，这些年我一个人去过很多地方。在瑞士的琉森湖我独自一个人顶着大雪去看过奥黛丽·赫本结婚的礼堂，在日本我一个人爬过富士山，在丽江我一个人喝醉过酒。

在旅途中我看到过很多一个人的身影，背着单反的大龄青年热衷于摆弄他的镜头，拿着吉他流浪的街边艺人畅快淋漓地拨动着琴弦，更多的是那些塞着耳机独自哼唱的陌生人。

他们的影子就像冬日里的那一道艳阳，温暖而坚定。

5.

其实孤独并不可怕，可怕的是那些被孤独所支配的人。

孤独的滋味是什么。

是你一个人在大街上戴着墨镜走路只是为了不让别人发现你止不住的眼泪，

是失恋时吃下三十罐过期的凤梨罐头回头发现该走的人还是走了，

是你刷着朋友圈发现别人的生活好像都过得比你精彩，

是回家发现根本就没有可以说我回来了的人，

是你为了孤独而委曲求全。

不要被这样那样的孤独所吞噬，过得浑浑噩噩。人生可以有很多种选择，只要你敢去尝试，只要你忍得住孤独。

我始终相信，那些真正内心强大的人绝不会被眼前的孤独影响，更不会在孤独的时候因为一些外在的因素而做出选择。

如果你也和我一样，还在因为孤单而伤感，请相信我，大可不必，属于你的那个人一定也和你一样，在等待着你。

你是否对自己的选择后悔过

1.

你是否对自己的选择后悔过？

比如没能跟初恋结婚，没能坚持自己的第一份工作，没能为了梦想赌一把。如果说人生是一场赌博，那么我们每天都会面临许许多多次选择，却不知道自己到底是输了还是赢了。

因为我们无法知晓，当你顺利执行了Plan A之后，Plan B和Plan C的结局会是什么。就好比你选择了吃苹果，却也总想知道梨的滋味。

就像电视剧《荼蘼》里那个选择了Plan A的郑如薇，一旦未能如愿以偿地得到自己想要的幸福，就会留恋起Plan B：如果当初选择另一条路，是不是就会变得不一样了呢？

站在没有红绿灯的十字路口，你是否也常常迷茫得不知所措。

犹豫得越久，不管迈向哪一边都会变得异常艰难，因为我们不能止步不前，只能咬咬牙做出选择，尝试着去赌一把，希望自己的选择不会辜负自己的期望。

2.

很多人都会问我一个问题，林熙，你觉得是爱情重要，还是事业重要，这两者该如何取舍呢。

其实当你问出这个问题的时候，能够看出事业和爱情对你而言都是无法舍弃的。

当两边的比重在你的心里都是一样的时候，往往会害怕自己做出了错误的选择，而过不好人生。

怕后悔，怕失望，怕牺牲的代价换不来一份满足。

其实，生活的奥妙在于它永远都是未知的，你无法预知到未来是怎样的，也正是因为如此，即便在被动中做出选择，往往也会深陷迷茫的旋涡。

有的人会因为爱情而牺牲事业，而有的人会因为事业而牺牲爱情，无论选择哪一条路都不完全是一帆风顺的，会出现低潮期，也会有无数个想要放弃的念头。

我们能做的，是听从自己的内心，尊重自己的选择，把握当下。

3.

我曾经有过很长一段时间的低潮期，是在我选择辞掉自己原有稳定的工作，开始试着创业的时候。

创业初期的前景是美好的，而现实往往是残酷的。

没有了稳定的收入，再加上长期的资金不稳定，我很快就耗尽了所有的积蓄。

没有像所有励志故事里的桥段那样发生转机，我失败了，并且亏光了所有的积蓄。但是我不认命，我把自己写字的爱好重拾起来，把所有的精力开始投入到公众号上。

以为靠着自己的人脉，各路的推广手段，会让更多的人看到我的文字，能被大众认可。但是坚持了大半年，依旧是几千个粉丝，上不去的阅读量。

有的人会跳出来嘲笑你，有的人会怀疑你所做的这一切根本就不值得，有的人会一本正经地告诉你，你的选择是错误的。

我会在深夜对着电脑，回过头想起当年那个坐在办公室和同事谈笑风生的我，有钱喝酒，有底气任性。

但这样懊悔的情绪只停留了两三秒，因为我知道，人一旦做了决定，就已经没了退路，沉溺于过去是没有任何意义的。

唯有不断地向前，才能不辜负自己当初的选择。

我一直觉得人生没有错误的选择，真正执着的人，每条路都能闯出一片天地。

只要你做得足够好，机会总会在不经意间降临，你终会得到自己想要的。

就像我的公众号一路走来，风风雨雨，才有了今天来之不易的成绩。

那时的你会发现能够坚持自己的选择，是一件多么美好的事情。

4.

我那个选择了事业的姐姐，放弃了她长达六年的爱情，这些年，她只身一人跑去外地发展。她跟我聊天说，公司很忙，没时间休息，狂加班吃了几个星期的泡面，一回到家就对着床，常常会觉得很孤单。

她的家人常抱怨说，一个姑娘家的，找份稳定点的工作，早点结婚生小孩多幸福。

但是她笑笑说这不是她想要的未来。来外地打拼的第一年，有点心酸有点累，好像是自己想得太天真了，要想赚很多很多的钱，爬到很高很高的职位，哪有那么容易。

每当方方面面的压力向她袭来，那种孤立无援的滋味会苦不堪言，说不后悔是假的。

但是她倔强地说，自己不想输，也不会放弃这条路。

三年后的今天，她顺利地爬上了经理级别的位置，并且同样收获到了爱情。

每当聊到她的过去，她总是笑嘻嘻地说，还真想知道当年如果留下来和初恋结婚的话会是什么结局，会不会幸福呢。

选择事业这条路，虽然艰辛，但我一点都不后悔自己的选择。

5.

二十多岁的时候，恰巧是人生中最应该绽放的年龄，也是最容易迷茫的阶段。

怕自己的选择会出错，怕自己的人生会输给那些站在同样起跑线上的人，于是匆忙做出选择的我们一旦经历了什么挫折就会怪Plan A的不行，甚至是怨天尤人，陷入一个死循环里。

但是我想告诉你们，会成功的人和拥有幸福的人，从来就不是因为选择了对的方向，他们往往走了一条与众不同的路。

著名的万达集团董事长王健林，曾当过兵，有一份铁饭碗的工作，最后他却去做了房地产；当很多人选择住宅地产，并做得顺风顺水的情况下，他却偏偏选择了去做商业地产，在经历了很多次实践后，他成功了。

他说，没有百折不挠的精神，不可能成功。

其实，比选择更重要的是坚持，是一份对理想的执着。

不管你今天选择了哪条路，每一条路都能演绎出不同的味道。

失恋后，你也可以过得很好

1.

你经历过失恋吗？你在失恋中承受过的最大痛苦是什么？

有人说，我曾经心痛到整个人抱着自己不停地发抖，不管别人说什么、做什么，我都提不起一丝一毫的兴趣，我感觉全世界都和我无关了。

有人说，经历过最痛的失恋是在大学的时候，快毕业了，突然间谈了三年的男朋友要分手，那一天晚上我喝了一箱的啤酒，眼泪和胆汁一起往外吐。

也有人说，我没有经历过歇斯底里的失恋，我的失恋很平静，可我足足花了一年才走出来，那一年里我一到晚上就会想他，然后不停地看他的微博，一次次说要忘记，一次次又放不下。

说实话，我也经历过失恋，而且不止一次，每一次失恋的时候，我都会很痛，痛到无法呼吸。有的时候，我特别羡慕那些谈了一次恋爱就能到白头的情侣，我想他们也许从来都没有经历过失恋的痛苦吧。

我曾经写过一篇文章说，如果要给痛苦划分等级的话，那么失恋一定是满分的痛。

有许许多多的朋友都和我说，之所以不想再谈恋爱的原因是，不想再一次经历失恋了。

我不禁疑惑，难道失恋才是导致单身的人越来越多的原因吗？

2.

想起曾经在朋友圈看到过的一段玩笑话，说：有人和我谈一个恋爱吗，最好分手的时候能痛一点，痛彻心扉的那种，让我绝食，让我失眠，让我一个月能瘦十斤。

当时我的朋友圈几乎被这段话刷屏了，很多女生都在转发，问有没有小哥哥谈恋爱。

我突然间在想，其实失恋好像也没有那么恐怖，只是有人把爱情在生活中的地位无限放大了，导致失恋的时候感觉失去了全世界。

好朋友琪琪和我说，其实失恋只是人生百态中很小的一件事罢了，失恋了有什么，失恋了照样可以过得很好，失恋了太阳照旧会升起，失恋了说不定下一任更好。

我问琪琪，你觉得失恋算不算另一种成长，失恋过后的我们学会了更加珍惜，失恋过后的我们懂得了包容彼此，失恋过后的我们知道了规避人渣。

失恋就像一节必修课，教会了我们很多很多，也让我们在爱情里飞速成长。

琪琪说，林熙，你说得很对，失恋会痛，但是痛了以后你才会明白，原来自己一个人也可以过得那么好。我曾经谈过一场五年的恋爱，当意外得知男朋友出轨的消息以后，那时的我是蒙的，我就连一点点的准备也没有就突然间要面临失恋了，我根本不可能当作不知道，我只能含着眼泪骂一句，王八蛋，然后离开他。

那段时间我过得很不好，整天都很消沉，我把自己关在房间里，没日没夜地玩游戏，企图用游戏麻痹自己，然后忘记他。可根本没用，我还是会在上厕所的时候，洗澡的时候，吃饭的时候，睡觉的时候想起他，想起他曾经的好，想起他对我的背叛，想起他说过要带我一起打游戏。

我的朋友都劝我快点放下，出来走走，她们喊我去酒吧喝酒，结果我喝醉了以后不停地给他打电话，质问他为什么要背叛我。

是的，我也曾经一度觉得失恋真的太可怕了，可直到后来我为了散心，一个人去了一趟云南，我沿途看了很多很多的美景，也认识了很多很多和我一样的朋友，听了很多的故事。我突然意识到，失恋不可怕，可怕的是内心的执着。

旅行回来以后，我不再打游戏，我把时间都用来提升自己，我报名学习英语，我抽空去健身房锻炼自己，我晚上没事就在家学服装设计。这一切的改变让我发现其实生活真的很美好，我遇见了更好的追求者，我有了更高级的生活，我再也不会想起那个渣男。

原来，分手也可以是另外一种修行。

3.

我想，其实我们每个人都是会经历创伤的，我们会跌倒，会流血，会生病。

而这一切都不会让我们变得越来越差，这一切只会让我们越来越好。

失恋也是如此，就像琪琪一般，失恋后的她有了新的生活，有了全新的自己，她现在可以做很多她从前想做却不能做的事，她可以因为一场演唱会而飞往一个城市旅行，她可以因为想看一场雪而去一趟日本，她变得越来越好。

有一次我问琪琪，你偶尔还会想起他吗？

琪琪说，你应该问他有没有后悔失去我。

最近这一年里，常听读者在后台给我留言说，分手了，特别难过。我想，人只有在难过的时候才需要别人的安慰吧。

她们会告诉我，分手不仅很痛，而且很难愈合，她们会问我，有没有什么办法快速治愈。

我会告诉她们，除了时间和新欢以外，最好的方法就是让自己变得更好，变得更美，让他后悔离开你，让你再也看不上他。

只有你变得优秀了，你才会放下曾经那些想要的东西，因为你看不上了。

4.

看过一句话：失恋，并不使你痛苦，而你赋予失恋这个现象的附加意义，却将你击溃。

这句话我特别的喜欢，其实失恋真的就是如此，你都已经和他结束了，你们已经分开了，你所有的难过都没有意义，你所放不下的，只是你的不甘心，只是你的不习惯，只是你的小情绪。

其实你仔细想想，失恋是不是给了你一次新生的机会，你摆脱了原来的生活，你可以重新赋予自己一次新的生活，你可以追求更好的生活。

所以啊，不要再难过了，也不要觉得失恋了就等于失去了全世界，你还有很多的青春，你也还有很多的机会，不要把无谓的时间浪费在失恋上，你会发现，你远远比你自己想得更优秀。

第3章

二十多岁，最不该像大人一样生活

二十出头，渴望过上有车有房升职加薪的生活；刚学走路，渴望能够跨越山河步履如飞。你的焦虑，让你眼神里的蓬勃朝气被疲累代替，让你上扬的嘴角被重担压垮，你还年轻，为什么要让自己过得如此艰难？二十多岁，最不该像大人一样生活，我们唯一需要做的，就是成为更好的自己，好好去过这一生。

长得漂亮，不如活得漂亮

1.

大人的思想中总觉着，女孩子长得太漂亮总是不好的。

其实我有时候也很认同这样的观点，虽说现在的人更多的都是注重外貌，但是长得太过于美丽了，往往就会忽略了自己的内心，活得骄纵跋扈。

长得丑一点，胖一点，可能一般的男人看到也不会一见倾心，但是这样的女生可能会更多地在乎自己内心世界的塑造；长得丑一点，胖一点，可能就不会被渣男调戏直男癌觊觎，深深感觉这个世界的恶意；长得丑的确是最实在的笨方法，最老土的保护色。

2.

古语云："自古红颜多薄命。"

无论是曾引得吴三桂冲冠一怒为红颜的陈圆圆，还是被唐玄宗一条白绫赐死在马嵬坡的杨玉环，又或是正当风华却香消玉殒的一代电影皇后阮玲玉……

我在想，她们的薄命从何而来。

从古到今，漂亮的女人都比一般人更能引起大家的关注。

男人围着她们转，殷勤不断，没有坚守的女人大多深陷其中，最后成了所谓为爱而牺牲的人。

在古代，男女地位极度不平等的情况下，封建礼教"女子无才便是德"，束缚着女人要三从四德，她们没有自由意识和公平意识，只能做一株依附的藤蔓，命运由男人摆布。

她们的薄命仿佛是命中注定的。

在现代呢？

“薄命”和一个女人精神世界的富足、强大程度以及心底的坚守是息息相关的，两者是成反比的。

典型的例子是当年的台湾偶像剧天后林韦君，连陈乔恩在她面前都黯然失色，那时候连霍建华她都看不上。

1978年出生的林韦君，出道十几年，桃花从没间断，光是传过绯闻的男星就一长串，林韦君自封“劈腿始祖”。

有一次在录节目的时候她忍不住泣诉：“我感情上很多失败，都是因为被塑造出来的形象，当然有些是的确发生的事，可是真的想要找感情时，很多男生看我的眼光是‘她是可以来一下’那种。他们都觉得我是烂货……”

负面形象在大众眼里根深蒂固，这个当年最被看好的红星就这样落寞了，一蹶不振。

因为漂亮被众多男生追求，见一个撩一个，享受这过程中的优越感，当年华逝去，得到的却是男人的一句“烂货、可以玩一下”。

其实“薄命”一说，很大程度上完全都是你自己选择的，怪不得别人。

但是怎样选择，就来源于一个女人的精神世界的富足程度以及对心底的那一份坚守。

3.

女人最漂亮的生活是怎么样的？说起这个我不禁想起了刘涛。

凭借缘分、美貌嫁入豪门的姑娘挺多，可是幸福地生儿育女的家庭并不多。

刘涛就是为数不多的后者之一。

都说闪婚不靠谱，可是刘涛和富豪老公相识不过二十来天就闪了婚，现在膝下一儿一女，他们各自事业有成，家庭和美。

很多人都说刘涛很幸运。

可是明白的人都知道，她的幸福生活，完全是因为她非凡的智慧和难得的善良坚强。

2008年金融危机，老公王珂的生意接连受创，兵败如山倒，整个人靠吃大量的安眠药镇静剂度日，脾气暴躁，性格乖戾，甚至拿玻璃杯砸自己的头。

她醒来的时候好几次发现床头的离婚协议书，意思是什么都归她，散了就算了。

如果刘涛内心不够坚强，精神不够富足的话，那么面临她的就是破碎的婚姻，更痛心的在于心碎。

她选择了不离不弃，帮助丈夫一点一点控制药物，哪怕自己生产时老公犯了癫痫，口吐白沫，小便失禁，她也从没有嫌弃过他。

她带他全世界散心，装作不懂的样子让他讲喜欢的电影给她听，一直鼓励王珂重新振作起来，努力拍戏挣钱撑起这个家。

这个漂亮的女人，用智慧和难得的胸怀保护了这个曾经濒临破碎的家。

无论思想封建的古代，又或是现在主张男女平等的现代，有坚守的、思想富足的女人就像空谷里的一簇幽兰，无论风雨来得多么急劲，她始终能郁郁葱葱地活着，从无“薄命”一说。

4.

有些女生会格外羡慕那些长得漂亮的女孩子，好像老天爷都格外喜欢她们，无论在哪里都有人殷勤地围着她们转。

早餐有男孩儿带，跑800米有人陪，课桌里总是塞满了零食和礼物，甚至放学都有男生抢着送回家。

但是，烟花再绚烂不过一瞬之间，女人再美不过光景十年，最让人欣赏的是活得漂亮的女生。

她们思想独立，见识远博；

她们有自己的坚守，不贪小便宜、不物质；

她们自己挣钱，不屈就不高攀；

她们很会打扮，生活赏心悦目；

她们自己给自己安全感，也给男人安全感；

她们能同甘，亦能共苦。

女孩子，长得漂亮，真的不如活得漂亮。

女生就是要精神上的富养

1.

女生为什么要富养呢?

我说说我两个朋友的故事。

我的朋友小A生长在普通家庭，她的父母常年在外打工，小A就由她的奶奶照顾。因为奶奶没读过什么书，并且重男轻女的思想根深蒂固，所以对她这个孙女并不是非常的上心。

小A在七岁的时候随父母来到了大城市生活，父母在当地开了家小餐馆，餐馆只有一层，总共八十来平方米，一共有三个房间，其中一个隔间作为包厢，另外两间大的一间父母居住，小的那间小A住。

记得小A跟我说过，她的房间当时非常的简陋，只有一张钢丝床，一把折叠椅，其他什么都没有，她平常写作业基本都是趁餐馆大包没人的时候，在圆台面上完成的，父母也不会管她太多。

小A一直都是在一个简陋的环境中生活的，她比同龄的人早熟，也比同龄的人更加自卑。

她从小属于穷养的小孩，没有享受过优质生活的她，对金钱的欲望接近于膨胀。

所以等她自己有工作能力了之后，她就开始穿各种名牌服饰，钱不够的时候就疯狂地用信用卡套现。

每个月只有3000元收入的她欠款两万多。我跟她聊天的时候她告诉我自己时常会很苦恼，因为道理她也都知道，但是自控力很差。而且她的恋爱也一直非常不顺利，不知道为什么总是遇见渣男。

2.

说说我的另外一个朋友小V。

小V也是普通人家的女孩，但是因为她的父母感情很好，并且父母接受的教育比较全面和新潮，所以当时尽管只生了个女儿，父母还是非常的开心。

从小父母把小V当成掌上明珠，给她穿公主裙，小皮鞋，小V有无数的芭比娃娃陪她度过她的童年时光。

小V说喜欢跳舞，父母就帮她找了个老师教她跳舞，而且小V每天的作业爸爸都会认真地帮她检查一遍，所以小V的成绩总是名列前茅。

父母跟她说的最多的一句话就是：钱够用了吗，记得吃饭。

从小优越的物质条件，让小V几乎没什么物欲，她大气，乐于欣赏，从不与人攀比。她的朋友非常多，各种经济条件的都有，都喜欢和她在一起玩耍。

小V的性格不骄不躁，不卑不亢，大气宽容，她有自己的喜好，更明白什么才是自己真正所爱，她一直都在过自己想过的生活，懂得凡事有度，不强求太多。

她说自己有时候也会有叛逆的念头，但是她觉得富养带给她最好的一点就是她明白是非，能控制自己。

富养的女生不仅是物质方面的满足，精神世界也很富足。

3.

一个精神不富足的女生，就算是穿金戴银，一身的奢侈品，但是她的头脑空空，想法短浅也会落成一介草包。

女生的思想层次不一定完全取决于她的生长环境与家庭条件。

当一个女生有富养自己的意识的时候，身边的人也会随之被你感染。要想别人对你好，首先你要认为自己值得更好的。

小A之所以感觉生活不幸运是因为她一直被穷人思想所左右，认为自己之所以这样是因为家庭条件的关系，其实工作之后你完全有能力左右你的人生，只看你想不想。

精神上的富裕远比生活上的富裕要重要得多，一个人精神方面的富足跟你看过的书，走过的路，遇事的态度都有着密不可分的关联。

一个女生如果有一颗积极向上的心，你就算没有很好的家庭条件，但是你完全有能力在精神上自己富养自己。

4.

美丽的外表永远都代替不了一颗被富养的心，内在的涵养是可以覆盖一个人的外表的，甚至突破年龄的残酷界限。

有些女人虽已发如霜雪，但看上去仍很有气质。

有些女人虽然年轻漂亮，却很难显现出女人的味道。

同样漂亮，精神富养的女人美得透，美得极致，美得入骨髓。

精神世界匮乏的女人则像一个美人雕像，空具美人的形态，却无美的韵味，即使貌若天仙，珠光宝气，浑身名牌打造，也让人觉得庸俗、肤浅。

生活的磨炼，岁月的雕琢，会让女人的品位沉淀如一种暗香，安静优雅，温柔妩媚，不张狂，不矫揉造作，不能一眼让人看懂，需慢慢品味和欣赏。

女生不一定需要生活上的富养，但是精神上的富养是必然不能少的。

我还是很喜欢你，但我会像戒烟一样戒掉你

1.

有时候的分手不是因为不爱，而是因为太爱。

在电视剧《欢乐颂2》里，赵医生和小曲说出那句再见的时候，我的心隐隐地痛了。

比起那些分了手还藕断丝连，甚至是还能继续做朋友的情侣，小曲宁愿趴在桌上泣不成声，和姐妹抱成一团，也不愿意再去打扰赵医生。

她不像那个在爱情里不停犯傻的邱莹莹，可以爱得低到尘埃里。小曲是个拎得清的女生，她希望赵医生能够快乐，所以有时候放手是对对方最好的爱和尊重。

其实小曲爱赵医生不会比邱莹莹爱应勤的少，她也会难过，也会因为见不到对方而心痛，只是她不停地在勉强自己学会克制。

“我爱他，但我不会再找他，我会像戒烟一样戒掉他，然后有一天，他会回忆起来，他在年轻时候曾经遇到过一个狐狸精，他跟狐狸精在一起非常欢乐。可狐狸精会吸他元气，他一天比一天不精神。有一天狐狸精忍痛离开了他，他又慢慢恢复了精神。他后来考上状元，子孙满堂，到老了，他又想起那个狐狸精。”

小曲说的这句话把我感动坏了。

我想，当你很爱很爱一个人的时候，你会希望他过得好，哪怕那个未来没有你。

2.

爱情的初期总是甜蜜的，难熬的是想要继续下去的决心。

和小鱼聊感情的时候，我小心翼翼地问她，为什么要和相恋六年的初恋男友分手。

我一直不明白，那个曾经敢在朋友圈里说此生只嫁给他一个人的女生，到底经历了什么，才能做到默默地放手。

小鱼的眼底有我看不懂的情绪，她淡淡地说，不是因为不爱了，而是真的没办法在一起了。

那时候他刚毕业，还停留在创业初期，没有什么经济基础。我家人都很反对我和他交往，总是逼着我去相亲。

他比我小了两岁，而我已经到了适婚的年纪。

为了能和他在一起，我闹过绝食，也闹过离家出走。他那会儿把所有的精力和时间都放在事业上，我这样让他压力很大。

有一次，我又离家出走，我对他哭着说我都不能好好上班了，整天吃不下饭，睡不着觉，他心疼地看着我，抱了我很久很久，然后说，不如我们分了吧。

小鱼说，我们坚持过，但最终还是放开了彼此，做回了那个最初的自己。我爱他，但我不想成为他的负担。

其实要结束这段六年的感情很难，分开后的这一年多的时间，我总是忍不住想去找他，总是费尽心思地从别人口中得到他的消息。

前几天，我知道他恋爱了，我想，我大概真的应该让这段感情过去了。

这世界上有太多分了手却还深爱着对方的情侣，也许命运有时候喜欢捉弄人，相爱的两个人走着走着就背道而驰了。

虽然陪你走到最后的那个人不是我，但很感谢你来过。

3.

也许放下一个人实在太难了，就像习惯了每天不断地吸烟，一旦断掉就生不如死。

爱情开始的时候需要勇气，离开的时候更需要勇气。

还在谈恋爱的时候，我习惯了每天早上刷一遍她的朋友圈，然后买了两人份的早餐开车去见她。

习惯了她牵着我的手，笑着和我聊起那些最近好笑的事情，习惯了她偶尔的作，对着我生气。

也许是在面对现实的时候彼此都缺少一些勇气，最后我们不得不做出决定选择和平分手。

我成了那个看似洒脱，实际上却在拼命掩饰自己的不舍的人。说不爱了是假，说放下了是在逞强。

是的，我还是很喜欢你，但我会像戒烟一样戒掉你。

4.

有的人，可能这辈子就只能陪你到这里了。

朋友说，如果时间能够倒退，我还是会选择义无反顾地奔向他。

虽然失恋就像丢失了一件自己曾经最宝贵的东西，会痛，会难过得想要用酒精来麻醉自己。

可有时候我会想，要是没有这样一个人出现在我的生命里，我也会失去一段关于青春的回忆。

喜欢一个人没错，分开了也没有错，爱情有时候是缺少理智的。

你走以后，只剩我一个人继续走我们一起走过的路，吃我们一起吃过的饭，回忆会在某个不经意的瞬间像倒带一样回放着。

我一个人经历迷茫，勇敢和疯狂，直到渐渐地把你藏到心底不曾提起。

刘若英有首歌中唱道：很爱很爱你，所以愿意，不牵绊你，往更幸福的地方飞去。

我还是很喜欢你，像风走了八千里，不问归期。

千年以后，我再也不喜欢你，像秋叶枯藤衰败在故里，后会无期。

人为什么要结婚

1.

“她嫁我，我讨她，很幸福了。”

台湾那位患阿尔兹海默症的网红爷爷老夏去世了，留下老夏和脆鹅的爱情。

得了阿尔兹海默症的老夏每天念念不忘的就是他的雪滑（脆鹅的小名），连她出门买个蛋糕都会难过得抹眼泪，他说她要过那两三个红绿灯。

再后来老夏什么都忘了，连他最爱的雪滑也忘了。生病的老夏在脆鹅的眼里就是个小孩，虽然她有时候也会生气，但一直陪伴着，照顾着，宠着老夏。

直到最后不断轻抚着他的脸，在他耳边温柔道别，“乖乖的，你就放心地好好地走。不要担心，我会照顾好自己。”

彼此相爱的两个人，牵手从年轻到白发，60年不离不弃，到了死别之时，还能陪在你身边耳语，带着你手心温度，凝望着你出神的脸离开，像个熟睡的孩子。这大概就是爱情最美好的样子。

可这样的爱情难能可贵少之又少。

2.

玄子跟我说：林熙，其实我不太愿意提起关于结婚这件事情。

她和相恋四年的男友在举行婚礼前三个月分手后，她就一直抱着一种不结婚的态度。

可能是觉得再也遇不到自己喜欢的人了；或者觉得一个人很酷，很好，非常自由，不用去顾及另一个人的感受，不用去考虑另一个人的心情；也许是觉得自己是个理想主义者，害怕想到现实，只剩下对婚姻满满的恐惧。

有时候我也会问自己这个问题，人为什么要结婚呢？

每次和睿儿相聚时，她都会很认真地告诉身边的女性朋友：婚姻是坟墓，女生一定要好好享受一个人的生活，不要过早结婚。

睿儿和她的男友自由恋爱三年终于在2017年领了红本子。婚后同婆婆住在一起，婆婆认为她每天抱着手机不正经，她却觉得现在年轻人这样很正常。

她的老公也不懂得如何处理她与他妈妈之间的问题，反而更激化了她与老公之间的矛盾，他俩的争吵越来越多，甚至撕碎了结婚证。

睿儿变得喜欢抱怨，她不明白自己当初为什么要结这个婚，她开始后悔，结婚半年她便想要离婚。

3.

婚前的睿儿是个洒脱任性的姑娘，热爱自己，她可以一个人去看周杰伦的演唱会，与一个同样热爱音乐的粉丝恋爱；她可以心血来潮突然想旅行，背起相机说走就走；她不开心或是受了什么委屈时可以随时回家吃父母做的菜，笑得像个孩子。

她怀念那个勇敢独立，内心自由的自己。

生命的长河中，渐渐地我们都丢失了曾经那个自己。

现在的她需要做婆婆眼中的好媳妇，丈夫眼中的好妻子。少秀恩爱，多做家务，孝敬公婆，体贴丈夫，还要至少生两个孩子，不得外出工作，帮助丈夫一起打理自家厂里的生意。

婆婆觉得已经把自己所有最好的都给了他们，他们已经拥有了高出一般人的生活水平，都不需要愁什么的美好日子你都有了，你还有什么不满意？

但是生活并不是只有物质，更多的还是精神的追求。

睿儿告诉我：虽然现在的自己什么都不缺，但是她更怀念当初那个背着双肩包去西藏的自己，那个时候吃馍都很开心。

4.

刘瑜说过：一个人要像一支队伍。

独身者是否真的要比结婚者更幸福？

可能在很多父母看来，结婚就是找个伴过日子而已，时间久了感情总归是可以慢慢培养出来的。

在父母的眼中，有些人找不到对象就是自己的要求太多。其实那么多单身的人，身边也不乏追求者，但是如果不能因为爱情在一起，这样的婚姻还有什么意义。

就像睿儿，她没有离婚，她的婚后生活仍在继续，与其说是继续，不如说是维系吧。

我也不知道生活当中还有多少人同她一样，因为一些现实原因，或者是惯性是习惯而维持着一段注定不快乐不幸福的婚姻。

我也曾同睿儿一样想要占有一个人，最后连自己也被占有走了。

都说婚姻是坟墓，我想婚姻可能是你丢失自己的第一步吧。

5.

素素说：随着年龄的增长，对于结婚已经到了不能再敷衍下去的地步，说不定到了哪天她会因为过日子而随便找个人结婚。

有的人之所以结婚是因为他们需要结婚了，有的人结婚是因为别人都结婚了。

命运的归命运，自己的归自己。如果因为想要结婚而结婚的话，那结不结婚都是一样的吧。

有时候会有突然的冲动想要有个自己的孩子，但是清醒的时候又会自己告诉自己未来的路很长。

时常想希望自己这一生能够遇到一个让我放弃自己的标准、原则、理想去爱的人。

像黄碧云所说的那样：我爱你，如鲸向海，鸟投林，不可避免，退无可退。

为什么有那么多的人喜欢老夏和脆鹅？因为人对幸福的愿望大抵都是一样的吧。

互相扶持相爱，并且携手到老。

单身的姑娘们，不管你们经历过什么，原谅自己经受的挫折，原谅自己的敏感，原谅自己的焦虑，原谅自己的孤独。

在你学会与自己相处，经营好自己的同时，请还是相信爱情。愿总有一天有那么一个人走向你，与你共黄昏，问你粥可温。

欲望是前进的最好动力

1.

前段时间，我身边一个女性朋友失恋了，她很痛苦，约了我出去喝酒。

微醺后，借着酒劲她告诉我，她读书的时候各种高冷，追求者无数。她觉得十分满足。

后来她和一个大她几岁的男人在一起了。男朋友对她各种好，百依百顺，从未有过一丝脾气。

她不想早起，男朋友就让她辞了工作安心在家休息；她想要包包首饰，男朋友就让人从国外代购回来。

她慢慢地卸下了生活的压力，觉得一切都是那么的完美。

少了压力的她很快就开始变得懒散，轻松的生活让她日渐肥胖，很快她就突破了原本想都不敢想的体重。

那时候的她沉浸在爱情里，对此毫不在乎：反正他那么爱我，就算我变成胖子也无所谓。

最终导致他们分手的原因大概也就是她对爱情毫无危机感。

分手后，她各种难过，想要马上找个新的男朋友借此走出这段感情的阴影，然而她发现，曾经那些围着她转的男生早已经有了自己的女朋友，而那些新认识的朋友，居然毫无追求她的意思。

她意识到，这段感情不仅让她失去了青春，连原本姣好的身材和外貌也消失不见。

她立志要马上做出改变，要让这些男生都后悔没有追求她，要让她的前男友后悔与她分手。

她报名了瑜伽课程，还会在晚上的时候抽空去健身房、游泳池，起初的时候她甚至一天只吃一顿水果。辛苦的付出最终让她重新做回了女神，据说第二年的情人节，她收到了满满一办公室的鲜花和巧克力。

她告诉我，她不会再选择这些男人，她变美只是为了自己。

2.

有很多人都不知道我当初为什么会突然辞职，包括我父母也不明白我为什么要放弃原本一份十分稳定且自由的工作。

没辞职之前我有一份还算不错的工作，收入还行，也是我对口的专业。毕业后就从事这个行业的工作，老板对我十分信任，只要不出问题，客户不投诉，每天把工作完成即可，所以我的时间也相对自由。

那个时候我整天沉溺于自我满足，觉得自己的人生已经比其他同龄人好得太多，当别人起床上班的时候我还在睡觉；当别人在公司钩心斗角觉得小人难防的时候，我有着一群十分有爱的同事，人美心灵美，关键是还特别照顾我；当别人还在为如何加薪而烦恼的时候，我已经拿到一份行业内颇高的薪水了。

直到后来我和父母一起去了欧洲，同行的还有一些我爸生意上的老板。这一趟旅行让我彻底刷新了我原本的世界观，也造就了我回来之后一系列的改变。

在欧洲的时候，我们去了很多国家，其中一站来到了购物天堂法国，我们去了巴黎春天（世界顶级的时尚品和零售业集团）。如果你们觉得这是一件很幸福、很兴奋的事情，那么我会告诉你，前提是你有钱任性，如果你没钱，绝对是一件很憋屈的事情。满眼的奢侈品，各种高大上，我身边一位看着毫不起眼，估计连英文都不懂的大妈，拿起一个LV就走，旁边一个估摸着就十多岁的小孩，他爸拿起一款名牌手表就往他手上戴。

我很奇怪，这些都不要钱吗，仔细看了看，原来真的要钱，而且没有少一个0，真的只是我太穷了。

穷到我都不好意思走近专柜仔细看，就怕热情的服务员过来对着我一脸微笑，介绍完产品，然后问我买不买的时候，我只能笑笑说，我再看看。

我当时也很想学着电影里，告诉服务员，这个这个不要，其他的都包起来，刷卡。

回来之后我就开始创业，并且学习炒股。

因为我想要的生活还离我太远，我必须放弃原本安定的一切，重新找一条更大的路去走。

3.

XXX是我觉得身边最有意思的人了。刚毕业的时候，他为了买一台能打得动《英雄联盟》的笔记本，每个周末晚上都去肯德基做兼职，为的就是能在休息的时候舒舒服服地躺在家里玩玩游戏，看看电视。

之后他迷恋上了美剧，并发誓一定要在找到女朋友前去一趟美国。为此他算了一笔账，以他目前的工资，不吃不喝，存够一年才有去美国自由行的钱，而且护照还不一定能办得出，因为他交不出保证金，英文也不及格。

他开始把用来打游戏的时间全部用来学习英文，每天睡前都会听一到两小时的课程，他和公司主动要求加班，并且开始跑业务。

去年的时候，我在他的朋友圈看到了他在时代广场自拍的照片，我约他回来后喝咖啡。

见面的时候我就问他，我记得你以前是个特别懒的人，不愿意跑业务，不愿意学习，怎么一下子就脱胎换骨了。

他告诉我，他还是那么懒，还是不愿意学习，还是不愿意跑业务。他那段时间每天晚上都会听英文课程听到想吐，偶尔听得睡着了，醒来喝杯咖啡继续听；他替公司跑业务的时候，站在人家公司门口，犹豫了半小时没好意思走进去。

但是没办法，他想去美国啊，想去时代广场拍照，想去波士顿看那些著名的大学，想无障碍地和老外交流。

他告诉我：你不觉得当你想做一件事的时候，会发现特别有动力吗，特别的酷吗。

4.

年轻的时候，欲望总会如同萌芽般不经意间就冒了出来。

比如我们看美食节目的时候，会觉得如果当一个全球吃货是一件多么幸福的事，于是我们开始向往到处去旅行。

比如我们去逛街时看中一款奢侈品，总会心心念念把它挂在心头，于是我们开始存钱，为的只是在某一天能够买下它。

比如我们发现夏天快要来了，自己的身材却严重走样，总会趁着春天抓紧时间去健身房挥洒汗水，恢复身材。

我们之所以为了生活，为了自己去奋斗，去努力，最终只是为了满足心里萌生的欲望。

欲望大概是世界上最好的动力了。

因为这一切都来源于你自己，只有自己想要的，才是最真实的。

请你经济独立，爱情独立，这样我才能娶你

1.

在豆瓣上闲逛的时候，曾看到这样一篇帖子，标题是男人会在乎女方的家境吗。内容是一个男的嫌弃自己女朋友家庭条件没有达到能让他少奋斗十年的目标，于是就跟女朋友果断地分了手，而下面点赞数最多的一条留言是，男人比女人现实多了。

随后这篇帖子被几个直男转发了，意思是教育现在的年轻小姑娘：婚姻本来就是场买卖。

“女的不也一样吗，既要车子，又要房子，每个月工资还要上交给她，还要承诺每年至少两次以上的旅游，凭什么？”

“没听说过一句话吗，干得好不如娶得好，若能迎娶白富美，少奋斗十年不说，往后的日子，你想怎么潇洒就怎么来。”

“如今的社会，剩下来的女人多了，所以男人选择的机会也多了。”

简直是刷新了我的三观。

我不禁感慨，从什么时候开始，男人也试图通过婚姻来改善生活了，那为什么还是会有千千万万的人要骂女人物质呢。

2.

每个女人在谈恋爱的时候都是感性的，她更渴望嫁给爱情而不是婚姻，因为她们容易被所谓的真爱、甜言蜜语给迷惑。

可千千万万个凤凰男会说，玩归玩，但是不好意思，我就想娶个勤俭节

约类型的贤妻良母，会花钱的肯定不行，经济必须独立，家庭条件要好，不然娶了有何用。

所以，一段恋情的结束有时会以男生的理性而告吹。

记得身边曾有一对情侣，同居了两年，到了最后男的因为无法忍受长期租房的生活，选择丢下他的女友，在半夜一声不吭地拉着行李箱走了。

回到老家后，男生听从了家里的安排和一个条件不错的女人结了婚，而那个和他分手的女生，从此以后就再也没有谈过恋爱。

女生说，他走的那天，把家里所有值钱的东西全拿走了，把她的心也伤透了。

这些年，她因为爱情放弃过的事情不计其数，到头来，那个说会带给他幸福的男人还是走了。

如果说，爱情注定会输给现实，那么有的男人现实起来，真的比女人更可怕。

我见过那些昨天说爱，明天就说不合适的男人，也见过那些备胎无数，转眼间就把处了七八年的正牌女友给替换掉的男人。

渣男总是能把个人的利益放在第一位，把感情放在第二位。

如果说女人结婚看房，看车，看存款，那么有些男人又何尝不是呢？

就算是女人图你车图你房，还图你银行卡里的余额，但是你能保证说房产证上的名字写的是她的吗？你能保证说交到她手上的银行卡她都帮你花完了吗？

一个女人，她无非就是想图你能对她好罢了。

3.

月月相亲的时候碰到过一个奇葩男，一直说自己的条件有多好，在某事业单位工作，家里有房有车，房子有好几百平方米，处处透着一股高人一等的优越感。

月月对他的第一印象也不是特别好，所以二人就这样一直不咸不淡的，直到月月家换了辆新车无意间被那个男的知道了，男人就一直向她示好，让她把新车借给他开。

后来月月家向别人打听，这才知道原来那男的，不仅没车没房还没有工作，整天打着相亲的幌子就想骗个有钱的女人结婚，追不到手就背地里骂女的物质。

月月说，都说女人物质，想嫁豪门，可我现在才知道原来有的男人比女人还物质，简直太可怕了。

讲到最后，她突然说自己有点恐婚了。

为什么现在不想结婚的女人越来越多了，因为大多数结了婚的女人要放弃自己的生活开始围着家庭转了。

以前的社会，赚钱跟养家都是男人的事，女人只需要在家带带小孩就好了。

现在世道变了，她们不仅要带小孩，还要出去赚钱，照顾一家老小，要是碰到个吃软饭的凤凰男直接毁一生。

对女人而言，婚姻就像是一场赌博，就怕自己倾尽一切却换来一无所有。

4.

很多男的都会吐槽，女的找对象经济要求太高，丈母娘又势利眼，我觉得这完全是一种偏见。

现在的女生都很独立，即便是不结婚也能活得很好。

但是她们跟你结婚以后就需要承担更多的责任，不仅要生孩子，还要替你照顾那一大家子。

记得以前网上有句话：如果男人可以代替女人来大姨妈、痛经、怀孕、堕胎、流产、难产、剖腹产、大出血、喂奶、人工取奶、身材走样、不顾形象、担心背叛，女人很愿意为男人买房子，照顾他一辈子，离婚后房子也归男人！

所以我觉得作为一名男性，在感情和物质上多付出一点是应该的。

但是最可恨的是有些男的非但帮不了女生，还在找对象的时候根据家庭条件挑长相最漂亮的那一个结婚。

历史上也有很多物质的男人，抛弃糟糠之妻高调迎娶富家千金。

现在的社会太浮躁，关于爱情和婚姻的负面新闻太多，带给女性的安全感确实少之又少。

有些男生一边喊着女生物质，一边又在有钱人里找另一半，简直就是赤裸裸的双标。

女生为什么会变得越来越独立了？

因为她们就怕遇到一个双标男，出不了钱，买不起房，还给不起爱情。

抱歉，你炫耀的样子没有引起我的注意

1.

有一天和一个朋友出去吃饭，刚上桌没多久，后桌就来了几个女孩。作为一名单身狗，我明显地被分散了一部分注意力。

席间，我和我朋友开始聊到一些事业和人生的话题，当然，无非就是平常朋友见面时离不开的寒暄——你最近过得怎么样。

之后也就开始默默地吃菜，于是我开始留意到后桌那几个讲话很大声的女孩，显然，我朋友也注意到了。

“爱马仕的香水我都用过了，味道也就一般，家里不要太多。”

“那个男的啊，也就开辆保时捷，长得也就一般，之前追过我了，被我拒绝了。”

我仔细打量了一下正在说话的那个女孩，穿着一条质感不太好的蕾丝裙子，浓妆艳抹，脸上扑的粉仿佛都要被风给吹下来。

而坐对面的那个女孩，看上去有点黑，手腕上套着五颜六色的塑料手环。

“LV的包包质量很差的，我还是喜欢DIOR的。”

“圣罗兰的化妆品一点也不好用的，用了几次就扔了。”

听到这里我朋友就有点忍不住了，她是个圣罗兰控，基本所有的化妆品用的全是这个牌子，包里带的也是这个牌子的粉饼。

这里不得不提一下我朋友本身。

论身材长相，不说碾压身后的女孩好几条街，也是能够让她们自惭形

秽的。

她在我们这个圈子里也算出名，读大学的时候就是她们大学的校礼仪队队长兼校花，家庭条件也十分优越，身边的追求者更是从不间断。

然而，就算这样也从来不见她在朋友圈炫耀过什么。

“她们用过这个化妆品吗，真想掏出来砸在她们脸上问问她们脸上现在用的是什么牌子的！”

就算你们是真的很想炫耀，也请你们不要那么高调地让全世界都笑话你们的无知。

2.

本来我一直以为，炫耀这件事到一定境界应该是有水准的，高尚的。

真正会炫耀的人难道不应该是不经意间露出手腕，被人发现，哇，江诗丹顿哎。

偶尔发个自拍，被人发现原来衣服是阿玛尼最新款的。

偶尔发个车祸现场，被人发现轮毂上的标志，哇靠，豪车啊。

现实是往往会有很多傻子来刷新你的三观。

吃个早饭，一定要带到车里，然后一只手拿起鸡蛋饼，对着方向盘拍照，生怕别人不知道自己开的是宝马、奔驰。

喝个咖啡，会在桌上放满汽车钥匙、墨镜、香烟、钱包，生怕别人不知道我是个富二代，我过得很小资。

每逢月初炫一下自己的信用卡账单，看我这个月又花了多少钱；买了新的衣服包包，恨不得把整个Logo放到摄像头中。

朋友，炫耀是一件有技术，有逼格的事情，请不要那么low好吗？

3.

经常有人和我说，林熙，你最近不忙吧，请我吃个饭吧。

林熙，你不是某某地方的会员吗，请我去玩一下吧。

朋友，请问我脸上是写着“傻子”两个字吗？

合着，我有空我就应该请你吃饭，我吃饭不要钱吗？

我是会员，我就应该请你去玩，我去玩都是免费的是吗？

好吧，这些我都忍了。

最让我受不了的是，我请你吃饭喝酒也就算了，完了你还叫几个朋友来。你叫几个朋友来我也忍了，你吃完喝完最后还要和你朋友说一句，是你请客的，并强调一句跟我并不是很熟。

所以，局我帮你安排，单我来帮你买，你坐享其成，我成了冤大头？

我跟一个关系特别好的朋友说起这些事，他也特别生气。

还会有一些莫名其妙的人，自己炫耀也就算了，还非要扯上你。

比如，他们看到我们的共同好友有我的微信，他们就会说：“这个人我也认识啊，以前我经常带着他玩。”

“哦，他啊，家里也就做点生意，条件一般吧。”

请问我真的跟你很熟吗，我家做什么的和你有关吗，出去玩的时候遇见打声招呼也算你带着玩了？

王思聪你们也认识，你们怎么不说，思聪啊，我罩着的，我天天去他家万达看电影，我是他上帝。

天哪，这什么神逻辑？

你认识人家，就一定要借着别人来证明自己有多厉害？

4.

记得有一阵子，一款交友软件特别火，我也玩过一段时间，里面有些人的个人资料相册里，不是豪车就是豪宅。

群里聊天的时候，不是说自己有多少钱，就是说自己人脉有多广，认识某某明星，和某某网红吃过饭，上过床。

我先不说这些事是真是假。就算是真的，你有钱和我有关吗？你会给我钱吗？

你人脉很广，认识很多网红，和我有关吗？能给我介绍吗？

如果你的炫耀只是建立在嘴巴上，那么当被现实赤裸裸揭穿的时候，你的脸一定会被打得生疼。

所以，请你低调做人。马云的儿子在美国，也从来不见他公开炫耀过任何事情。

5.

我一个客户的姐姐是开厂的，可谓年轻有为，去年在美国买了一栋别墅，平时闲的时候就会飞过去度度假。

前段时间我和家人去法国旅行，在机场的时候得知她也在巴黎，于是就约了当天晚上去喝咖啡。

晚上赴约的时候，我用自己十分有限的几句英文，打出租车去香榭丽舍。一路上司机似乎对我这个亚洲人十分感兴趣，一直和我聊天。

偶尔有几句我听得懂，偶尔听不懂。我就只能笑笑不说话。

毕竟我是一个英语只有5分的学渣。

姐姐的老公是个硕士，和我一样酷爱旅行，我就跟他聊起我之前去过的地方，看过的各种旅行纪录片和书籍，结果发现他竟然全部看过，当时便心生膜拜。

他很少发朋友圈，也从来不会在人前显摆什么，待人一向谦逊有礼。

真正有能力的人，不会拿着自己的经历去证明自己有多厉害，自得自满。

6.

“显摆”这个词在日新月异的年代已经成功洗白，演变成我们日常生活中自黑调侃的一种态度。

比如日常发个朋友圈，就餐环境高级，朋友优质，抑或是你才艺超群，给人不明觉厉的感觉。

而生活中总有些人为了获取虚荣心的自我满足，会用浮夸的行为层层包装自己。

我之前工作的单位，有一个同事家境殷实，上下班开的车比老总的还好。

有一次，她开着玛莎拉蒂出去办理一个业务，和她一起去的一个小姑娘就在车上各种自拍，并晒到了自己的朋友圈上，这让她十分尴尬。

有些东西，不是你的，不会因为你跟它拍了个合照，就属于你，也不会让你的层次增加多少。

熟悉你的人只会在心里默默地吐槽两句：嗯，这人挺low的。

多看看书，多认识些人，多出去外面走走吧，不要把目光停留在现阶段，等过完嘴瘾之后，你的生活还是会被打回原形。

优秀的人会继续优秀，而无意义的显摆换不来任何改变。

请你优雅地炫耀，低调地做人，不要用显摆将自己弄成个傻子，丢人现眼还不自知。

:

我把自己养那么贵，不是为了让你教我省钱的

1.

有一天忙完之后刚想躺下，突然接到了一个女性朋友的电话。

几句寒暄过后，她说我给你讲个笑话吧。

她说前阵子有个男的来宁波约她吃饭，事先也说好了地点由她来决定。

等吃完买单的时候服务员把账单拿上来，听到消费金额268元，那个男生瞬间脸就垮了，自以为很小声地嘀咕了一句：我靠，怎么这么贵。然后掏出手机打开计算器功能，认真地把菜单金额算了不下3遍之后，发现找不到漏洞。

当时连服务员都鄙夷地望着他，她坐在对面看着一个大男人拿着手机手指飞舞，旁若无人。实在忍不住地说了句，要么这一顿饭我来请吧。

最后男生不情愿地掏出了钱包，当着服务员的面说，以后不要到那么贵的地方来吃饭了。

买完单之后男生执意要送她回家，回家的路上，男生和她说，看你的朋友圈，觉得你平时花钱挺大手大脚的，女孩子，不要太爱慕虚荣，像你这样会嫁不出去的。

Excuse me，爱慕虚荣？请问你了解过我吗，我朋友当时就怒了，这个男的是通过朋友介绍认识的，两人前前后后也就只见了两次面。

让她头疼的是，从那顿饭之后那个男生天天给她打电话，询问她的行踪，电话中的口气俨然一副男朋友的口吻。

最搞笑的是有一次，男生说他家那边有家影楼做活动，送情侣对戒，要

她一起参加活动，这样两人就有情侣戒指了。

并且还撂下一句话：你买那么多名牌货简直就是败家，你看人家免费送的，多划算。

当时我朋友都要哭了，她是做化妆师的，每个月收入上万，朋友圈发的图片也都是些大牌产品，她明明刚买了个卡地亚的戒指，为什么要跟他一起戴赠品戒指？

最后她苦笑着跟我说：林熙，难道我自己赚钱给自己用好的吃好的，让自己看上去很贵，错了吗？

2.

其实身边跟我来吐槽这类事情的女生特别多。记得有一次，一个粉丝向我诉苦说前不久花了200多块钱给自己做了个美甲，吃饭的时候跟男朋友无意中聊到了。

结果男朋友怒了，当场就骂她是神经病，花那么多钱去做指甲简直就是浪费。

这还不算什么，她男朋友经常骂她开销大——明明一瓶大宝SOD蜜就能解决的护肤问题，她非得花那么多钱去买一些瓶瓶罐罐，明明网上的衣服便宜非得跑专柜去买。

她越想越委屈，说，我其实也没图他能给我买些什么，想要的也都是自己买，我现在都不敢把我的真实消费告诉男朋友了。

以前念大学的时候看中一件很喜欢的衣服，自己努力打工赚钱把那件衣服买回家，跟父母报价格通常都会少报几百块钱，那会儿是因为自己还没工作，没赚钱。

可现在自己有能力了，能够赚钱了，为什么要开始对男友谎报价格？

谈恋爱的初衷不就是为了共同进步，追求更好的生活吗？

很多肤浅的男人都会一口咬定那些一眼看上去很贵的女人就是拜金、物质，觉得这样的女人骨子里就是喜欢钱，谈恋爱了之后更是教育她们应该省着点钱过日子。

我觉得你作为一个男人，如果不能在物质方面让你的女朋友享受到更好的生活也就算了，还要数落她们有病，你才有病吧。

靠你女朋友不买化妆品不买衣服省下来的那些钱你们是发不了财的，你有管这些事情的时间，还不如去想着如何赚钱，这样更加实际一些。

毕竟，对物质有要求的女生是懂得如何好好经营自己的。

3.

做公众号时间久了，跟我聊天的女读者很多，我发现她们跟我聊起未来另一半的时候其实没有说过希望另一半有多少的硬件设备。

你以为女生晒奢侈品就是物质吗？那只能说明她们经济独立，对生活的品质有要求，其实奢侈品就是她们赚钱的动力。

而身边总是会有很多男人喜欢把自己扭曲的价值观强加到别人身上，我就想问一句，那些晒奢侈品的女生花你钱了吗？

合着在有些男人眼里，女人就是该放下这些奢侈品，和他们一起过苦日子。

凭什么？

我一个在外游玩时候认识的姐姐说，她前阵子跟刚认识的男朋友分手了。

我问她怎么了？

她说，男朋友虽然经济条件跟她差不多，但是消费观却跟她不是一个层次的，还经常抱怨她买的东西都太贵了。

她说，我给自己用香奈儿的包包，他却送我一个仿LV的假货；我给自己用迪奥的香水，他却送我一瓶廉价的喷雾；我给自己用阿玛尼的口红，他却送我一支曼秀雷敦的唇膏。

和他在一起后，他不仅没有给我很多很多的爱，还处处让我省钱，最后我提出了分手，不出意外地被他说成了是拜金女。

很多很多的爱你给不了，很多很多的钱你也没有，花自己的钱你还要叨逼叨。

4.

我一直不明白，女生努力点怎么了，独立点又怎么了，她们每天辛辛苦苦地赚钱，为的不就是提高自己的生活质量，买得起自己想要的东西，配得上更好的人吗？

为什么她跟了你之后，日子非但没能变得更好，你还要想方设法地教育她们省钱，去放弃原本该有的生活？

不觉得这是一件很残忍的事情吗？

讲真，作为一个男人，让自己的女朋友一味地省省省，确实不是一件很光彩的事。

你爱的女人，你都不舍得给她想要的生活，那么你的爱未免也太廉价了。

每个把自己养得很贵的女人，都在追求一份可以相媲美的爱，而不是为了让你教她省钱的。

和三观不合的人在一起有多累

1.

你被催婚催得最厉害的时候，都是怎么说服你妈的？

我想，你最好的说服方式就是带个假对象回家见你妈。

因为网上流传着一句话：你努力工作，听歌阅读，旅行玩乐，学习各种技能，你觉得生活充实美好，但在父母和亲戚眼里，你不过是个还不结婚的神经病。

放着合适的对象不谈，门当户对的看不上，非得一个人瞎折腾。

那么，在父母眼里，合适的结婚对象都是什么样子的呢？

一位长年奋斗在相亲路上的朋友告诉我说，100个父母里面，99个都看条件，其余是看人品。但是只要一碰到那些不抽烟不喝酒看着人老实，家庭条件还不错的男人，就像挖到宝一样恨不得自己闺女能马上嫁给他。

其实归根到底，在父母眼里，只要外在一切都合适，小两口能凑合着过日子就好。哪怕是同床异梦，各怀心事，也比你一个人生活要强。

朋友说，就算性格不合可以互补，爱好不同可以培养，但是三观不合能治吗？

我不能理解我妈这一代的人都是怎么理解三观的，但在我眼里，三观不合的人永远都不能活在同一个世界里。

2.

和三观不合的人在一起是什么感觉？

朋友可可说，那种感觉就是，我从未如此想过我妈。

可可交往的男生是家里介绍的对象，结果还没谈到一个月她就受不了了。

她说，这个男生刚追她的时候对她也挺关心的，虽然他看上去挺节省的，平时吃穿上面好像也不太讲究，但是总比外面会花天酒地的男人要靠谱。

但是一段时间相处下来，可可发现两个人根本无法一起生活。

她工作很忙，每天固定早晚两杯星巴克提神；而男生却一个劲儿地指责她太奢侈了，有次见面还不忘送了她几包三江超市买的速溶咖啡，希望她能改正。

她累死累活地加班，为的就是能在节假日出去旅游，花钱享乐；而男生却经常教育她，甚至是带着辱骂性的口吻说她一个女孩子不检点，整天跑出去玩，像什么样子。

她热爱美食，也追求生活上的小情小调，偶尔会去一些很小资的西餐厅吃上一顿；而男生却硬要说她是在炫耀，去这种地方吃饭既浪费钱也浪费时间，而且还吃不饱。

让她最心灰意冷的是有一次，两个人在微信上聊天，突然就聊到了现代人的婚姻生活。

男生对可可说，以后要是结婚了直接把工作辞了吧，一个女人在职场上当什么女强人，结婚了就该是个贤妻良母，别去看那些教女人独立的毒鸡汤。要知道你只是个女人，在家带带小孩，做做家务，陪陪我父母就好。

可可说，林熙，这都什么年代了，你以为还在大清朝，女人只能在家绣绣花，生生小孩，相夫教子？

凭什么我要为了他放弃工作了那么多年的单位，放弃我二十多万的年薪啊，还不准我花钱不准我买这买那，那我活着干吗，和一个守财奴天天窝在家里能幸福？

我宁愿回家天天被我妈催婚，被三姑六婆轮番轰炸，也不愿意再和他出去吃一顿饭，我没办法去包容他，因为认可不了他的价值观。

3.

三观不合的婚姻到底有多可怕?

曾经看到一个新闻，一位31岁的母亲带着两个孩子跳楼自杀，写下了一篇长长的遗书。

我一直无法想象，一个有着两个孩子的母亲，究竟是有多绝望才会选择去这样结束自己的生命。

在这份遗书的开头，这位母亲写道：我和我的原生家庭，与我丈夫的原生家庭三观是完全不合的。一方简单，乐观；一方复杂、悲观。

她想要的是一个洒脱随性乐观的生活，遇到困难也没关系，两个人一起商量着解决，有钱没钱都不重要，给她一千块，也能过得很开心。

而她的丈夫是个典型的处女座，凡事都往最坏的那一面考虑。在生活上，他严格要求自己的妻子要按照自己的生活模式进行。

家里所有的东西都必须一尘不染，摆放整齐，衣服必须折得和商店里的一样，就算是家里请的保姆也很少能让他满意。

在带小孩的问题上，丈夫和他的家庭更是三番五次地质疑妻子，请月嫂也变成了丈夫嘴里不会照顾小孩才请的月嫂。

夫妻之间更是没有共同爱好，哪怕在同一屋檐下，也很少交流。

随着怀孕期间丈夫约嫖，自己又为了肚子里的孩子辞了职，产后子宫出血，生活中又得不到丈夫的半点关爱和理解，她很快就患上了产后抑郁。

而在丈夫眼里，那个产后哭哭啼啼的妻子是她自己的问题，应该自己调节。

最终，那个无法忍受家暴，长期与丈夫生活方式不同，三观不合的妻子在崩溃下选择了自杀。

在心痛之余，我想，这世界上最自私的一种人，就是习惯性牺牲别人，成全自己。

在一个没有契合的婚姻里，宽容是隐忍，磨合是伤害，是毒药。

4.

有的时候我在想，两人完全不一样的人在一起究竟是为了什么。

有人说是为了爱情，有人说单单是为了找个合适的人嫁了，可以向长辈交个差，自己也不用那么寂寞。

但是有时候一个人是寂寞，而一群人是孤独。

两个在生活上无法产生共鸣，也无法互相欣赏的人，困在一起一辈子真的会幸福吗？

你和他沟通等于鸡同鸭讲，你和他谈情就像是在放屁，这样不一样的两个人，为什么要在一起？

姑娘，你那么的努力生活，变美，为的不是找一个帮不上忙又指责你的人来闹心，去牺牲你原有的生活。

虽然在这个世界上，我们很难找到一个和自己完全契合的人，也没有十全十美的伴侣，但是如果要嫁，至少要嫁给一个认同你的生活，懂得尊重你的男人。

真正的合适，除了外在条件合适，还有三观一致。

我不找你的时候，都是在忍着不找你

1.

前阵子刚从长沙回来，一哥们儿约我喝酒，喝多了就开始向我袒露心事：

他说跟现在的女朋友才相恋没多久，却在上个星期，因为一件很小的事情吵架了，一直冷战到了现在，让他有点不知所措。

我问他，那你有主动打电话联系过你女朋友吗？

他说，打了一通电话，但是她给挂了，而且也没来联系我啊。

我说，如果你真想和好的话，完全可以多打几个电话过去啊。

他一脸不解地问，信息我也发了，电话我也打了，是她一直没反应，还让我怎么哄。

我说，一个电话不够的话，那就两个，一直打到她接为止。

这件事情过去没多久，有一天他微信上告诉我说，两个人又和好如初了，我调侃他说：怎么样，红包、礼物没少送你女朋友吧。

微信那头沉默了一会儿，他跟我说，林熙，其实我什么也没做，就是那天回去后打了个电话给她，这次她接了，而且接得很快。

其实她故意挂掉电话只是还在气头上，之所以不联系我一是因为赌气，二是因为我没能主动再找她。

她其实一直都在等我的电话。

2.

大概这世界上最悲伤的默契就是我不主动找你，你也不会来找我。原以为故作姿态的高冷，能够换回对方的紧张跟小心翼翼，然而那个人非但领会不了你受尽煎熬，苦苦等待的一颗心，反倒是比你更酷，酷到杳无音讯。

你握着手机忍了很久没给他发消息，直到天一点点暗下来，好像你又自作多情地等了他一天。

而你赌气时一脸的骄傲瞬间崩塌得一塌糊涂。有人说，爱情可以是低到尘埃里还要开出花来的卑微，也可以是自此天涯不相问的骄傲。

而你假装淡定忍住不去找他时的模样，心疼得让人想给你一个拥抱。

维维新认识了一个男生，她给我看他的照片，照片上的男生架着一副复古的眼镜，斯斯文文的样子。从认识的第一天开始，维维就对我说，林熙，我对他一见钟情了。

刚开始，她会很主动地发很多信息给男生，约他出来见面，但是时间一久，维维就说自己有点累了。

我们纷纷八卦她跟那个男生之间的故事，而维维却斩钉截铁地跟我们说，你们别瞎猜，我已经不喜欢他了。

我们彼此心照不宣地没再提这件事，只是偶尔看到维维在他的朋友圈底下点赞，只是很少留言互动了。

我们都以为她真的放下了。

有一次，维维喝多了无意识地又跟我聊起那个男生，她说，林熙，其实说不喜欢他是假的，每天我都会点开他的头像，一遍遍地刷他的朋友圈，就连点赞也是鼓足了很大的勇气，希望他能看到，能读懂我这份心意。

我以为他会来，所以我愿意等。

我会因为他不经意说出口的一句话而在意很久，林熙，他从不主动找我，我也没有勇气再去找他，我是个经不起太多失望的人，只能把心里的所有牵挂都往肚子里咽。所以我从一开始的主动变成了现在这样的冷漠。

朋友说我不肯在爱情里低头，可是他们不知道，我忍下了多少次想要去找他的冲动。

3.

也许感情总是脆弱得让人不堪一击，有时候的不联系，并不代表我不想你，只是不想变成打扰你的那一个人。

你有想聊却不敢找的人吗？我有。

在失恋时很困而又睡不着的夜晚，脑海里无数次地浮现出想要给她打电话的欲望，控制不住地想要再听到她一声温柔的晚安。

可我不能，因为我知道，就算去找她了，也是一场不可挽回的徒劳，只是徒增笑话罢了。

我忍住不找你，却忍不住不想你。

我总是教很多人，要学会放下，可真正爱过一次的人，哪有那么轻易放下。

明明都知道错的人就像黑暗里亮起的火焰，可仍旧像飞蛾一般扑了上去。

嘴上喊着不想念，喊着不痛，其实内心早已经千疮百孔。

我们总在外人面前云淡风轻地说只要有了新欢三天就忘记前任的痛了，但大多数时候我们只是在逞强罢了。

分手后的不打扰，是我最后的温柔，也是给你最好的祝福。

4.

有人说，喜欢一个人，就会义无反顾，如果有一天，他不再主动找你了，是不是就表示已经不爱了。

我想答案有时候可能恰恰相反，正因为太喜欢，太在乎，才会在得不到回应的时候，在心底苦苦挣扎，最后将所有的热情和想念都埋葬于心底。

也许越长大就越不会谈恋爱，太主动了怕被嫌弃，太高冷了怕被误会，受过一两次伤就习惯性后退。

其实很多人在爱情里就像个孩子，只要你给颗糖吃，就瞬间满血复活。

你会发现所有的高傲，冷漠和无理取闹都只是她制造的假象，她其实并没有那么酷，也很想让你主动去找她。

不要让爱你的人等太久，她也会累，也会走。

其实我不找你的时候，都是在忍着不找你。

谢谢，你懂我的言不由衷

1.

身边有个朋友，平时性格大大咧咧的，透着一股男孩般的倔强。前不久，她跟她相恋了七年的男朋友分手了，身边认识这对情侣的朋友知道后都纷纷安慰她。

可她没在我们面前红过一次眼，还是像往常一样嘻嘻哈哈地打闹，朋友约她出去哪里玩她都爽快地答应了。

你看，林熙，失恋也没什么啊，一个人也可以过得好好的。

女孩的闺密，在她失恋后的一星期，在网上订了两张小野丽莎的演唱会门票约了她一起去看。

那天晚上，演唱会开始的时候，闺密一直紧紧地握住她的手，她发现她哭了。是啊，小野丽莎的演唱会，以前就想看的，男友说好了会陪她一起去看，可你怎么就悄无声息地走了呢？

林熙，我爱了他整整七年，分手了我怎么可能会不难过，我只是不想对外界的同情声示弱。

她默默地背过脸去不想让闺密看到自己在哭。过了一会，闺密递来一杯奶茶给她，说：

虽然在别人眼里，你永远都是一副坚不可摧的样子，也从来不会向任何人低头。

但是，其实你并没那么坚强，想哭就哭吧，别憋在心里。

喏，你想看的演唱会，还是有人会陪你看。

林熙，原来在这个世界上，是会有那么一个人能看穿你在逞强的。

她懂你的倔强，也不忍心拆穿你的痛楚，而是会陪着你，一起面对人生的美丽与哀愁。

2.

有一天看综艺节目，看到薛之谦谈到他在留学时的一段恋情。

他说，在我决定回国从事演艺事业以后，我跟她什么都没讲，我说我要回国了。

到了火车站后，我们彼此凝视着对方，但，谁都没有提分手两字，只是心里都知道，这是最后一次见面了。

我上车后，她就一直追着我，追着我，直到看不到火车为止……

我想，她没有歇斯底里地求他留下来，是因为她懂他的不容易，懂他的梦想与坚持；他也没有跟她提分手，终是万般的不舍。

就算到了最后一刻，彼此也都在心里默默告别着，仿佛交谈了好久。

懂你的人，就算你不发一言，他也能了然于心。

3.

身边有一对情侣吵架了，女孩向我倾诉，她刚进一家新单位里实习，因为工作上犯了一个很小的错误，领导当着办公室所有同事的面狠狠地批评了她。回去之后，女孩觉得心里有点委屈，就把这件事跟男朋友一说。

没想到，男朋友完全没有安慰她的意思，轻描淡写地回了句，做错事情就应该受批评啊，有什么不对的。

女孩当时就后悔把这事告诉了她的男朋友。

林熙，我只是想把肚子里所有的委屈和情绪都毫无掩盖地告诉我最亲近的人，并不是想让对方来判断这件事情的对与错，可他怎么就不懂呢？

还有一次，男朋友约了她晚上一起出去看电影，为此，女孩精心打扮了一个多小时，头发妆容都处理得一丝不苟。可到了晚上赴约的时候，男朋友却草率地取消了这次的约会。

之后男友来向女孩赔罪，说那天老总刚接下一个很紧急的项目，单位临时下的通告。女孩便赌气，一直都不肯接电话。

男朋友看打了两通电话没人接就真的再也没有理过女孩。他觉得女孩有点太作了，无理取闹。

林熙，你知道吗，其实我并不是不想接他的电话，他工作忙我都能理解。可明明说好的要陪你，却一次次地让期待落空。难道在他心里我就这么不重要吗，就不能多哄我一下？

林熙，我想要从他那里得到只言片语的安慰怎么就这么难呢？

我哭着笑着像一个情绪疯子，只是因为我依赖你的全部。

别再理直气壮地说我做错了，我有多渴望能听到一句“没事，我懂你”。

4.

人总是这样，喜欢掩饰自己，却又渴望身边的人能懂你。有时候他人的不理解，会让我们产生诸多的烦恼。

林熙，我不知道他在想些什么。

林熙，我要怎么做，他才能理解我呢。

林熙，我很努力地想让他看懂我，可是结果却失败了。

是啊，我真希望有一天，我一言不发，你却能了然于心。

5.

以前班上有个女同学，喜欢上了一个男生，但因为性格内向害羞，心里的那份朦胧的喜欢一直都没勇气表现出来。

有时候下了课，男生会悄悄地坐到她的边上，问她课堂上的练习题该怎么做；有时男生会偷偷地望向她的位置，看看她在做什么；有时他还会故意地引起一些骚动来吸引她的注意。

女生总是习惯性地一言不发，默默地从他的身边经过，好像始终都不懂他的用心。

就这样过去三年，临近毕业，男生第一次主动约她出去看电影，为了显得不那么尴尬，于是男生又叫了班上的另一位女同学。

女生低着头，看着出现在她眼前的一对，默默地拒绝了。

她说，林熙，其实那一天我是想去的，可是不知道为什么，就拒绝了。我多希望他能够再邀请我一次，可是他却没有。

那后来呢？

后来我们之间就断了联系，我多么希望他能读懂我，虽然有时候我会开口让他走开。

那年，她满怀所有的心事与秘密，独自承担。

太慢热的人，总是小心翼翼地维护着自己的小世界，渴望有个人能理解他，陪伴着他。

可，有些人在不经意间就悄无声息地走了。

也许每个人都有一个死角，我自己走不进来，别人也闯不进去。

你不懂我，我不怪你。

余生，希望你能看懂我的口是心非，就算我沉默不语，也请不要离开。

抱歉，我很酷，所以不想为难自己

1.

情人节那天我的订阅号文章一发完，一个几百年不联系的女同学突然发微信给我："哎哟林熙，你这个订阅号现在做得很好嘛。"

我礼貌性地回复了一句："现在还行，比之前好点了。"

"林熙，我看你今天的文章是送香奈儿口红？我也想要，要不内定送我吧？毕竟我们这么久的同学了，算是给我的情人节礼物吧。"

大姐，我们真的不是很熟，我为什么要给你送礼物？还是情人节礼物？

而且我深深地记得刚开始写文章的时候，那会儿阅读量惨淡，希望她能够帮忙转发一下文章，姑娘当时就高冷地回了我三个字"凭什么？"

啊咧，我看见她这么说，当时头脑一热也想回凭什么，哥毕竟是有身份证的人，不能这样，我忍了忍说："抱歉哦，这个口红是送给读者的，你想要的话可以参与这个活动，因为这个口红是我自己掏钱送的。"

然后姑娘顿时就不高兴了，回了个"呵呵"。

对于那些一万年不联系，一上来就打着朋友的名义要求你为他做这做那，你不帮他吧，就显得你冷酷无情的这种人，我只想说一句：

你妈贵姓？我凭什么一定要帮你？

2.

熊孩子本身是父母形容小孩顽皮的一种称呼，是一种可爱天真的代名词。

可当所谓的熊孩子仗着年纪小，父母的溺爱胡作非为的时候，我只能表示无比的愤怒。

有次早上起床去买鸡蛋饼吃，刚下楼就看见一个小孩正在拿石子划我的车。哦不对，用他妈的说法，那应该叫作画。

那可是我用爸妈给的钱加上自己攒的钱买的新车啊，于是我走了过去，二话不说就夺过他手中的石子，很气愤地大喊了两句。

结果那熊孩子就哭了，让我意想不到的是，他的母亲就在边上，一看到孩子哭了，马上就冲了过来。

二话不说就开骂道："你这么大人了，怎么对小孩子这么凶？不就一辆车吗？不知道让着点小孩啊？真没素质。"

当时我就石化了，啊咧，真不好意思，素质这种东西碰上你这种人，我还真没有。

我还没开口责问你怎么带的孩子，你却和我谈素质？

合着这不是你家的车，你小孩想干吗就干吗？不会教育我替你教育。

我上去就是一脚，踢得熊孩子屁滚尿流，他妈妈怒了，冲我发火，不好意思，上去又是一脚，大写的一个爽。

当然，以上行为纯属幻想，面对这样的母子组合，打也不是，骂也不是，我只能认栽走人。

等熙爷我哪天彩票中大奖，买辆劳斯劳斯，你来划划看？

3.

我身边有位做设计的朋友，家里条件都蛮好的，自己赚得也不错，平时出门十分阔绰，朋友们聚会吃饭都是她买的单。

前阵子，她去国外旅行，身边的朋友们都纷纷喊她代购，于是她拖着大箱小箱地回了国，并且一一给朋友们送上代购的东西。

结果可好，除了寥寥几个给她付了钱，其他人权当礼物似的，收下以后说了句谢谢就完事了。

她忍不住和我说：林熙，我平时请客吃饭什么的都无所谓，他们想要小礼物我也可以送，可这次我实在忍不了。

我是去旅游的，又不是代购的，我赚他们钱了吗我。我缺那点感谢的红包吗？

我帮他们买是出于朋友的情分，他们倒好，当我小开富二代？还是当我傻子啊？

我的钱难道就不是钱了？我父母的钱就不是钱了？难道我们的钱不是辛辛苦苦赚来的？

你要我送你，你直说。别拿着代购的幌子让我买东西最后还不给钱，我只会看不起你这个人。

4.

经常看我文章的人一定知道，我特别喜欢喝酒，经常找兄弟几个撸串，喝上几杯啤酒。

有一次和一个客户去吃饭，客户点了一箱啤酒，拉着我说：

林熙，今天晚上我们一定要好好走一个，喝尽兴了，生意才好做。

那天晚上我整整喝吐了三次，实在是喝不下了。

只见客户拿着酒杯端到我面前说，林熙，再走一个。

"大哥，我是真心喝不下了。"

"你这人怎么这么不上路？不是都说你很爱喝酒吗？怎么才喝那么点就喝不下了？"

说完他就把面前的酒一饮而尽，意思是我干了，你看着办。

我看你妹啊，喜欢喝酒就等于酒量好？

喜欢健身，就是身材好了？

那我还喜欢钱了，怎么就没见我钱多了？

我是写文章的，不是酒神。

5.

姑娘们都知道，女生都特别容易被博取同情。

之前有一次和一个朋友去逛街，刚从城隍庙地下通道上来就看见朋友面露难色地站在原地不动。

“你怎么了？怎么不走啊？”

朋友指了指她身后，我才看到，原来她的裙子被一个小孩拉住了一角。

只见那小孩一手拉着她的裙子，一手抱着一个碗，开口道：叔叔，阿姨。可以给我点钱吗？我好久都没吃饭了。

内心吐槽了一番我哪里像叔叔后，我拿出一块钱放进了他的碗里，刚准备走，这里就炸了。

真的是炸了，一点也不夸张的形容，方圆十里，哦不，方圆百里的小孩瞬间都围了过来，一手捏住我朋友的裙子，一手问我们要钱。

我摊摊手表示手里没有那么多零钱了，他们的父母就出现了，看着我的钱包说：

我们都看见你钱包里还有好几张十块了，我们都好几天没吃饭了，孩子都饿了，你穿得这么好，这么小气做什么？

不好意思，如果不是我打不过你们，我想把刚才的那一块钱也收回来。

我的爱心是对善良的人用的，不是给你们这帮恶毒的人的。

从小时候开始就有很多人告诉我，做人要敬老爱幼，助人为乐，让个座捐个款什么的不是“举手之劳”吗。

我愿意付出我的善意，但不喜欢对方理所当然的态度。

我不希望有人拿着道德的枷锁来告诉我应该怎么做，如何去做。

我这都是为你好，呵呵

1.

这个世界上永远都不缺嘴欠的人。

也不知道究竟是有心还是无意，他的每一句话都能让你憋成十级伤残，你要是心宽选择沉默，他就越发地得理不饶人。

朋友问我，遇到这样的人该怎么办。

我笑笑说，既然有的人那么喜欢互相伤害你就直接怼，有时候你越不懂得反抗，别人就越觉得你好说话。

朋友说，自己刚入职了一家新的外贸公司，其他的同事都比较和善，但是他们部门有一个快40岁的财务，每次和她说话都让她觉得很不舒服。

比如她刚办理入职手续的时候，那位财务主动和她搭话说，哟，看你这样子应该是单身的吧？

朋友对这样突如其来的问题表示很奇怪，就问她，为什么这么说。

财务说，好像听你讲起过，你的包跟衣服都是自己买的吧，如果有男朋友的话还用得着自己买吗，应该是他买给你吧。小姑娘，以后找男朋友一定要找个会为你花钱的。

朋友尴尬地笑了笑没回答。

她不是没有男朋友，只是认为没必要和刚认识不久的同事提起罢了。而让她更不能理解的是，女生就算是谈恋爱了，偶尔花钱给自己买个包买件衣服就不行了？非得全让男朋友送那才叫真爱？

这是在赤裸裸地嘲笑单身狗，还是在暗讽你男朋友对你不够好啊？

而这样的对话模式每天都要发生好多次，有时会让她难堪得下不了台。

记得有一次，财务当着很多同事的面教育她说，一个95后小姑娘，朋友圈里一天到晚不是晒吃的就是晒喝的，没什么内涵也算了，这要是以后生活都像你那么奢侈谁还敢娶你啊，我这都是为你好，女人总归是要结婚生子的。

朋友回头就哭笑不得地和我说，我一个95后，爱好美食错了吗，跟朋友隔三岔五地去外面吃顿饭不是很正常吗，怎么就成了别人眼中的“奢侈”了？还有，我妈都没担心我嫁不出去，你急什么？

年轻人最讨厌的是什么，就是听到那些以过来人的身份不厌其烦地告诉你什么是对什么是错的。

那种感觉就好像自己活成了一个“智障”，你走的每一步路，都是错的。

2.

一般春节回来的第一个工作日，单身的大龄青年面临的第一个问题就是自己的感情生活。

“听说你春节去相亲啦？如何了？”

“你都那么大的年纪了，还挑啊？”

“我外甥女今年都第二胎了？怎么你还是单身啊？”

一个经常找我喝酒的姐姐就经常被这些问题所困扰，她说自己单位里有一个看起来特别热心肠的同事，经常给她介绍对象，甚至是比她妈还关心她的终身大事。

实在是推脱不了的她就出去相了一次亲，结果这次相亲结束后，她说自己整整郁闷了一个星期。

我问她怎么了，并安慰她说相亲时碰到什么奇葩也是挺正常的。

她摇摇头说，你知道同事给我介绍的相亲对象是一个什么样的人吗？

是一个手脚有点残疾的人，而且已经四十多岁了。虽然我年纪也不小了，但是我也不至于嫁不出去就嫁给一个年纪那么大的残疾人吧？

事后同事还各种苦口婆心地劝，说是现在对象难找，这么做都是为了我好，一个女人的价值不就是能尽快结婚生子。

还说我那么独立，又会赚钱又会生活，他就手脚不灵活了点，两个人凑合着过日子也好啊。

怕是有很多的“为你好”都是不怀好意的问候，就是想看你过得不那么如意，而你善意的拒绝，却无奈变成了“不领情”。

3.

在你的一生中，听过多少次“为你好”这三个字呢？

有的人很抗拒自己的父母用这三个字来“道德绑架”自己，活生生地把你逼迫成他们眼中该有的样子；有的人很讨厌谈恋爱的时候，对方明明甩了你一巴掌，却偏偏以这三个字做借口；有的人很反感那些所谓的长辈，总是关心你关心得过分，实际上却是来揭你伤疤的。

这些看似“关心你”的行为，非但帮不了你什么忙，反而占据道德的上风理直气壮地干涉你的生活。

记得在知乎上看到过这样一句让我印象很深的话：你说“为你好”，是你觉得让我这样“你舒服”。

总有些人不喜欢你活得和他们不一样，过得比他们要好。你有追求，在他们眼里就是歪风邪气。你有思想，在他们眼里就成了异类。

张嘴就说年轻人难道不应该是这样吗，我想说年轻人难道一定要活成你们的复制版吗？

你站在一个强者的姿态去强加自己的思想给别人，真的是一种很高级的行为吗？

别开玩笑了，在我眼里，简直是low到爆了。

4.

有一种冷叫作你妈觉得你冷，有一种伤害叫作为你好。

子非鱼，如果做不到感同身受，那么对一个人最好的尊重就是不管出于什么目的，永远都不要用自己的价值观去衡量别人。

你觉得婚姻才是女人的价值所在，那么就请你照看好自己的家庭生活，别动不动就对着单身女性说教。

你觉得一个成年人的生活应该是怎样的，消费观念该是如何如何，那么就请你过好自己的生活，不要草率地就否决掉别人的一切。

毕竟，生活是别人过的，你只要过好你自己的就可以了。

如果所有一厢情愿的“为你好”都变成了“你开心就好”，这个世界就和平了。

讲真，不回微信就别发朋友圈了

1.

我生平第一次被人莫名其妙放鸽子时，整个人都炸了。

事情是这样的，我有一个好友，工作日的时候发来微信说晚上约我吃饭，我回复好的。然后就放下手机一门心思地去工作了，到了快要下班的时候，我看了下活也干得差不多了，就给好友发了条约在哪里吃饭的微信过去，过了好一会儿，我看她没有回，心想可能还在忙吧，于是便跑去附近的理发店吹了个头发，整理了一下自己。

快到饭点的时候，我又看了下手机，还是没有看到她发来的微信。于是我想，可能她正在开车啊什么的，不方便回吧。

结果我就傻等了一个晚上，空闲之余我习惯性地刷了遍朋友圈，发现她更新了一条新的状态上去，顿时我整个人都气炸了。

当我还在等她的时候，她已经在朋友圈晒起了满桌的美食，还嘟着嘴跟她的朋友合影，笑得一脸灿烂。

饭，是你约的，微信里玩失踪，却在朋友圈里晒跟人吃饭的照片。

朋友，请问你是在耍我吗？

你是想告诉我，你在使用微信，但是不想用微信联系我，对吗？

2.

你是否也有过这样的经历？

当自己热情高涨地给对方连发了好几条微信，满心欢喜地期待对方能有所回应的时候，对方却像一潭死水般安静。在你一次次地摸出手机生怕错过对方微信的时候，却冷不丁地发现对方不但没有回复你的微信，还在朋友圈更新了一条动态。

求此时的心理阴影面积。

作为朋友，你不想回复我也就算了，还发朋友圈是几个意思？是你情商为负，还是想要明目张胆地告诉我，我压根就不想搭理你？

有个姑娘前段时间告诉我，她交了一个男朋友，可男朋友有个不好的毛病，就是对她冷冷淡淡的，有时候她发一条微信要过很长一段时间才收到回复。

她觉得心里特别不舒服，于是我开始安慰她，也许是他性格内向，不知道怎么交流，也许是因为工作忙的关系吧，没来得及回复，我有时候也会这样。

没想到姑娘顿时就激动了。

她说，可他不回我微信的时候却在刷朋友圈，还给共同好友留言，还连刷了好多条无关紧要的信息。

这算几个意思，都好几次了，我又不傻，这不是明摆着不想理我吗？

我当时就惊呆了，原来世界上还有这样子谈恋爱的人啊。这难道不是在赤裸裸地告诉你，我很空，但就是不想跟你扯淡，因为你并不重要？

姑娘，你确定你们之间没有发生冷战吗？

如果不是，碰到这种人就别再对他抱有幻想了，他只是用最简单的方式告诉你，我对你没兴趣。

3.

虽然我平时回微信的速度比较慢，但是每次只要收到对方的微信，我都会在当天回复，如果不是闲聊什么的，我看到后的第一时间就回复了。

有次，公司给了一个广告的策划案让我负责，其中需要负责设计一个产品的Logo图案，我当时就想起了在大学时的一位室友，因为他是学设计的。我在微信里找他，问他有没有兴趣帮忙设计一下，当然并不是无偿的，会提供相应的报酬。当时他给我的答复是，好的，我有点兴趣，我会考虑好回复你的。

过了几天，当我又去询问这件事的时候，在微信上问他考虑得怎样了，或者有没有设计的理念一起探讨下，结果等了一早上没回应，我心想可能在上班吧，大家都挺忙的可以理解。直到快傍晚的时候，我又刷了一遍微信，发现也没回复。

可当我打开朋友圈的时候，发现他分别在早上，中午，下午的时段都更新了朋友圈的状态，并放上一张自拍照配文——单身狗，求美女勾搭。

我顿时就怒了：你没兴趣也请回复我一句啊。朋友，你是不是不知道“尊重”两个字怎么写啊。

虽然我不是什么玻璃心，但为人处事，难道不是要讲究一个靠谱吗?

4.

身边摊上这种事儿的朋友还特别多，我有个哥们儿，平时脾气特别好。因为彼此都有共同认识的朋友，于是就在微信里建了一个群，方便联系。

有一次，有个人在群里喊着要约饭，我哥们儿想着反正周末也没事做，就回复说，好的，一起出去吃个饭吧。

于是两人在群里约好了一到饭点就出发去吃烧烤。

可是到了饭点，对方却突然消失了。哥们儿发了好几条微信过去问约在哪儿见面，可发出去的微信就像是石沉大海一样。

一打开朋友圈，发现对方居然刚刚在共同认识的女性好友底下留言，还撩着说要晚上约着一起吃个饭，关键这种留言不止针对一个女性，是很多个。

我哥们儿顿时就火了，你不想约我提前发条微信过来有那么难吗，基本的礼貌都不懂你是吃屎了吧？

敢情你遍地撒网地约人，有想过那些被放鸽子的人的感受吗？

不回微信的人就不要发朋友圈了，也别给共同好友留言了。这一记巴掌我打你一下试试，看你会不会喊疼。

人与人之间是相互的。

你若多为我着想一点，我就多为你付出一些。

你若三番五次地践踏我，我势必会离你而去。

人心本脆弱，经不起你那么赤裸裸的挑衅。

如果你不懂得尊重我，那么OK，我与你之间，已经没有下次了。

女生越懂事，活得越累

1.

以前听说过一句话：矫情有人疼，懂事被雷劈。

说的就是会撒娇会作的女生一般会有人宠爱，而那些懂事不吭声的女生似乎就要被雷劈了似的。

这就像会哭的孩子有糖吃，不会哭的孩子没糖吃。因为会哭的孩子他懂得替自己提要求，让家长知道他想吃糖；而那个懂事的孩子控制了自己想吃糖的欲望，所以家长根本不知道他也想吃。

我认识一个女生，她跟她的丈夫结婚的时候就领了张结婚证，没有求婚仪式，没有办酒席也没有度蜜月。

我问她，女人这一生最重要的不就是自己的婚礼吗，你为什么连婚礼都不准备？

她说：他现在工作还不是很稳定，每个月的收入也只能存下一点，我不想因为自己的欲望给他太多的压力。

当时我心想，有这样懂事的老婆这个男人可真幸福。

但是，后来我听说她们离婚了，因为丈夫在外面有外遇被她发现，更气人的是她还查出来他们另外在外租了个房子。

满屋子的东西都是丈夫替小三配备的，原来每次丈夫说出差都是在小三的地方过夜了。

她与我们说起来的时候说：你们知道吗，当我去了他们在外租的房子的时候，我发现小三有好几个包包，都是大牌奢侈品，而我自己身上的包已经背了好几年了，当初结婚纪念日的时候他送的，1000来块银泰买的。我打开小三的衣柜，她有满满一柜子的衣服，我也不知道他们在一起多久了，看着一柜子的衣服我感觉她似乎才是原配，我当时似乎突然能够理解他为什么会出轨了。你们觉得是不是很可笑。

2.

听着我的那个朋友这样描述自己的时候，我从她的语气中听到的满是哀伤。

她跟她的丈夫是初恋，两个人也算是一路苦过来的，学校刚毕业的时候两个人一块儿挤在十平方米的出租屋内，每天早上6点就要起床，横跨大半个宁波挤公交上班。当时丈夫跟她承诺过，以后一定会对她加倍的好，所以她记住了，从来不跟他提自己生活上的要求，只是默默地陪着他吃苦。

当时家里人都反对朋友跟这个男人在一起，但是朋友还是毅然决然地选择了他。

后来渐渐地收入越来越高了，两人住上了更好的房子，搬到了公司附近80平方米的小高层居住，丈夫的薪水也比当初翻了十倍，那个时候两个人打算结婚，因为到此时两人已经在一起五年了，而且女生的年纪也不小了，家人下了最后的通牒，再不结婚就让他们分手。

可是那会儿丈夫刚升职没多久，存的闲钱经不起一场婚礼，男生的家里条件也并不是很好，家里只有一套父母自己居住的房子。

朋友说其实最初两人刚在一起没多久的时候，他也承诺过以后要办个气派的婚礼让女方的家长满意这个女婿。但是真到了这个节骨眼她开始心疼自己的丈夫，有天晚上她主动跟他提出，要么就先不办婚礼直接去领个证。

我问她，当时你这么说出口的时候老公什么反应。

她说：他就默默地点了点头，没有说任何的话。

有时候女人找男人就好像是在赌博，将自己的一生压在一个男人的身上。如果你找了个懂感恩的男人，那么你所为他付出的好，所做的那些让步他虽然嘴上没说什么但是都会默默地记在心里，并用自己的感情回报给你，所谓有情饮水饱就是这样的状态。

朋友说她就像是在赌博，不过是赌输了，输得很彻底。

3.

我不是个唯物主义者，也不宣扬女生一定要让男人买买买，我想说的是女生一定要懂得说出自己的需求。

女人不是懂事就会有人爱，最可爱的女生是懂得适当地作。

比如说男人想你了，一个电话打给你，你就屁颠屁颠打车过去，时间长了他根本不会尊重你，无视你自己的计划和时间，让你随叫随到，做不到还怪你。

还有就是各种节日的时候为了帮男友省钱所以主动不要礼物的妹子，这样久而久之你们之间的仪式感会越来越少，男朋友就算以后有钱也会觉得没必要给你买礼物。

怎样的女生是能够在感情中游刃有余的呢？

就是懂得适当地作，学会用撒娇索要宠爱，让他帮你开瓶盖，帮你搬东西，帮你出主意，帮你解决问题，要向他撒娇，“好不好嘛”“你最好了”“人家想要这个嘛”。帮忙了再和他说：“真好”“有你真幸福”。

引导他哄你“你有没有想我呀”“那你快带我吃好吃的”。

这些能够激励起一个男人的保护欲和存在感。

但是这个作必须是有限度的。就像开头所说，你看到越作越得宠，但是你所不知道的是，男人在不断满足女人的作的时候，是很累的。偶尔作一下，耗费他点心思，让他来讨好你，讨好你之后你再给他一点奖励，那种感觉你和他都喜欢。

你喜欢的是他来讨好你来哄你，他喜欢的是他哄你开心得到了充分的肯定。

懂事跟作其实完全不冲突，希望你能成为一个又懂事又作，有自我边界的女人。

你可以发个两块钱红包给我吗？

1.

有一天晚上准备睡觉的时候，收到一位微信好友的消息，他说：Hi，你可以发两块钱红包给我吗？

一般对于这种信息，我本能是选择无视的，因为一觉得多数是群发的，二觉得如果真的有急事，肯定缺的也不是这两块钱。

当我第二天早上起来的时候，发现又收到了这位朋友的信息，是在夜里2点多发的，他说：林熙，我其实本来也挺喜欢你的文章的，但是问你要两块钱你都不给我，你简直太垃圾了，呵呵。

我下意识地点开了他的朋友圈，发现果然只剩下一条横线，我意识到自己被他拉黑了。

说实话，这位朋友我真的不是很熟，他是在一个朋友的微信群里添加的我，我和他加了好友之后，他也从来没有和我说过话，甚至一句寒暄的招呼彼此也没有打过。

发生这样的事情，我也真的是挺无语的，不是为少了一个好友无语，而是对于这样一个行为无语。

我并不是一个小气的人，就两块钱而已，这点钱谁都不会太放在眼里，我不想给你，仅仅是觉得这种行为很没有意义，你拿了我这两块钱既发不了财，也救不了急。

倘若你是我的朋友，急需一笔钱，你问我要，我会毫不犹豫地打给你。倘若你是默默支持我文章的看客，你和我说，你如今有一些困难，需要借一笔钱，我虽然不认识你，但如果金额不是特别大，我会权衡你这件事的真实程度和重要性，最终选择是否借给你。

但是你就像一个微信乞丐一般，毫无缘由地伸手问我要钱，我自然会选择无视。

你说：林熙，你怎么那么小气，明明看到了消息，连两块钱都不给我，就两块钱而已。

对，你一直强调只是两块钱的事情，这笔钱真的很少，我凭什么不给你。那么我也想同样问你，既然只是两块钱那么点钱，你为什么要问我讨？

你又不是个乞丐，何必降低自己的身份？

把我拉黑也好，在朋友圈说我小气也罢，我毫不在意，这一切只是显示了你更加low的事实。

如果在你眼里，我是你的微信好友，就应该给你钱，说真的，那我微信5000个好友，一人给我两块，每个月给一次，我就可以舒舒服服在家做个美男子了。

毕竟你说的，两块钱也不多，一个月一次，一年也才24块钱。如果你不给，那就拉黑，换一个人。

你不觉得这是一件特别幼稚，特别可笑的事情吗？

2.

曾经看到过一个新词，叫“红包婊”，就是暗讽那些动不动过年过节，打着向你问好的旗帜，然后光明正大地问你要红包，还义正词严地说，发得越多，表示我们的感情越好的那群人。

后来这个现象就更加夸张了，上升到了一种游戏模式，你当我是普通朋友，那你就给我发1.99元；你当我是好朋友，那就发5.2元；你当我是特别好的朋友，好兄弟，那就发19.99元；你当我是……

我也曾经被这样的游戏和过节祝福弄得苦不堪言，不给红包显得你小气，斤斤计较，几块钱证明感情的事，你都不愿意。给了红包，除了换来一个“谢谢老板”的微信表情，再也没有下文。

后来我开始明白，这点钱，你给了他也促进不了你们之间的感情，你不给，也不会失去什么重要的朋友。

因为真正重要的朋友根本不会那么无聊给你发这些消息，以此证明你和他之间的感情有多么的深。

而那些活在微信里的“乞丐”们，请问你四肢健全，用着iPhone6，iPhone7等高端手机，在微信里问人要着几块钱的红包，你究竟是有多缺钱?

也许你只是开个玩笑，或者觉得好玩群发个信息，证明一下自己的存在感，并不是真的为了那几块钱，但这在我看来依然是一件特别丢脸的事情。

请你下次换个方式吧，我觉得没有几个人会喜欢自己的身边有着一位动不动就要几块钱红包的朋友。

3.

曾经，我的微信里躺着很多这样的人。

在和你相处的时候，想尽办法占你的小便宜，然后还要和你吐槽自己生活有多惨，有多苦，最后暗暗窃喜又在你身上赚到了一顿饭，一顿酒之类的。

可这样的人是真的很惨吗？我告诉你，绝对不是，他占你小便宜只是性格使然，你看看他对自己有多舍得，你没钱的时候吃快餐，他撇下你，独自去吃大餐。你喝不起酒的时候，他在外面泡妞，开着100支香槟。你加不起油的时候，他开着车到处带姑娘兜风。

总而言之，你好的时候他想尽办法在你身上占便宜；你落魄的时候，他在外面疯狂地炫耀。

我有次在外面和几个朋友一起喝咖啡，中途来了一个朋友，坐下以后拿起菜单点了一堆吃的喝的，直言是自己午饭没吃，饿死了。

一顿调侃过后，到了散场的点，我们纷纷拿出属于自己点单的那份钱，交给一个好友，让他去结账。

让人没想到的是，这位来得最晚，点得最多的朋友开口了，他说：不好意思啊，兄弟，最近手头紧，我回头支付宝转你哈，你先帮我垫一下。

这也没什么，谁没有困难的时候，我们都表示没事，下次他请就行了。可让人生气的是，当天晚上其中一位朋友，就在一家高档餐厅看见他请一位姑娘吃牛排。

我在想，这样的朋友，真的算得上“朋友”吗？

问你要红包也好，占你小便宜也罢，请真的不要再打着“朋友”的旗号了，我的圈子里没有你这样的“朋友”。

自那次以后，这些躺在我微信里的“朋友”都被我删了。

4.

小的时候，我一直有一个愿望，那就是如果全世界的人，每个人都能给我一块钱就好了，我三辈子都花不完这些钱。

有人笑我太天真。

我问那个人：这明明就是一个很简单的愿望，一块钱而已，有些人掉在地上都未必会去捡，为什么你会觉得我这么天真？

松苏内吉说过：有总是从无开始的；是靠两只手和一个聪明的脑袋变出来的。

所以，你可以很有钱，但这一定不是靠你讨出来的，除非你打断你的手、你的腿，也许你能实现这个愿望。

下次再碰上这样的人，你能给我两块钱吗？

——不能。

你能发几块钱红包给我，证明一下我们的关系吗？

——不能。

你能给我转点钱，让我买个雪糕吗？

——不能。

下次如果因为我没有给你两块钱，你要删我的话，麻烦等一下。

我把钱给你，你别删，留着，让我删了你。

第 4 章

用与世界和解的态度，过随遇而安的生活

你还在慌里慌张、匆匆忙忙？怕爱情从手里溜走？怕生活次于旁人？怕人生黯淡无光？亲爱的，余生很长，世界很大，总有一个人，是你的独一无二。好好爱自己，无须逞强、不必失望，用与世界和解的态度，过随遇而安的生活，要知道你正值春光，别错过年轻的疯狂。当你学会爱自己，懂得了成长，那么你想要的都会大步向你奔来，从此爱情温软，余生温暖。

我大概是得了恋爱恐惧症

有一天叶子在朋友圈上发了一句话：最近有点想谈恋爱，太可怕了，我要出去多玩玩喝喝酒打消这个念头。

我下意识地点了个赞，其实我特别能理解这句话的意思，有时候羡慕别人成双成对，也无数次地有过想要谈恋爱的冲动，可想想恋爱后一次次的争吵，以及分开的一次次失落，突然就有些怕了。

单身的人，是从什么时候开始习惯一个人了？是因为还没走出上一段恋情？是因为习惯了自由？还是因为已经不再想要恋爱了？

朋友和我说，有时候，爱情会唤醒人们的占有欲、控制欲、疑心病，也会勾引出人们的脆弱，没有安全感等情绪，所以分手才变得那么频繁。

谁不羡慕一段相知相守的感情，可我们更害怕这段开始不是一杯美酒，而是一杯毒药。

很多人想爱却又不敢爱，想拥有却又往外推，宁可一个人在深夜里孤独得像条狗，也不愿随意和一个人亲吻拥抱。

渐渐地，单身的人得了一种叫作恋爱恐惧症的病。

1.
喜欢独来独往

恋爱恐惧症首先就是喜欢自己一个人待着，独处的时候会很享受。

我有个朋友在外贸公司工作，操着一口流利的英文，年纪轻轻就已经升到了管理层，一个月有15天都在不同的城市出差，天南地北地飞。

她每次落地都会约我们一起去喝酒，我一直觉得她有点精神分裂，工作的时候像个女王，玩的时候像个女孩。

她说：看了身边太多感情失败的故事，觉得自己一个人其实也挺好的，因为已经足够强大到不需要男友了。

渐渐地她学会了跟自己谈恋爱，会在凌晨的电影首映会上买个角落的位置，看一场电影；会在人来人往的大街上，一个人坐在长椅上，发一下午的呆；会在夜晚的酒吧，熙熙攘攘的人群中，嗨得像个疯子。

我说：那你可能会孤独终老。

她说她只想做个独来独往的富婆。

2.
切断了所有的恋爱机会

有时候单身久了就会被冠上一顶没人要的帽子，被以为一定是很差劲的人才会单身这么久找不到对象。

但事实其实是，因为追你的人很多，但是你感受到的都是一群假追求者，所以干脆切断了自己的异性圈。

单身的时候过去的种种恋情会像电影快进似的，在脑海中时不时地闪现，你会回忆在感情中自己的不足之处和造成感情失败的原因。

很多人总是会问我一个问题，为什么我这么了解女性。

其实可能这跟单身的时间久了有关，因为一个人的时候不会被情绪左右。

能够好好地享受单身时光，更能懂得宁缺毋滥的道理。

我先好好照顾自己，等待茫茫人海中的那个你。

因为不再幼稚，所以我已经学会分辨哪个是假追求者，哪个才是你。

3.
害怕再次受到伤害

我们的生命中总是会遇到无数的人，有人说一生最美好的状态就是只谈三次恋爱，一次懵懂，一次刻骨，一次一辈子。

但是现实教会我们的是一次刻骨铭心的恋爱之后对进入感情的害怕。

害怕再一次受到伤害，所以给自己穿起了伪装的外衣，将自己保护得像一只刺猬。

经历过一次失恋之后可能就会有种错觉，感觉整个世界都不要你了，抛弃你了，每一次的呼吸都是伴随着心痛的感觉。

但是当你从感情中走出来之后，就感觉整个人脱胎换骨犹如新生了一般。

失去的人就像扬了的沙，只剩下一地的支离破碎，你感受到了一个人的美好与洒脱，也就不愿意再让自己往这深渊中走去了。

4.
被人表白总是感到怀疑

我不知道很多人会不会跟我一样，一旦有人跟自己表白，第一反应就是：你别逗我玩了好吗。

朋友和我说，当一个女孩被人表白的那一刻，心里除了高兴大概还有些许忐忑，怕的是对方三分钟热度的喜欢，更怕到来的只是一场虚情假意。

也许是遭遇了太多快餐式爱情，我们潜意识里可能已经对爱情失去了信心，对自己也失去了信心，认为自己还没有足够的勇气去开始一段感情，那还不如继续随波逐流，反正一个人自由自在。

有时候你会发现，没有什么能够跟着你一辈子，青春不能，美貌不能，恋人未必可以白头偕老，甚至金钱也说不定什么时候就不辞而别。

所以我现在会按时吃饭，准时睡觉，好好地疼爱自己，努力生活。

你浪了很多年，也谈过恋爱，会遇到很多人跟你说喜欢你，但是你始终都是一个人，渐渐地，你学会了适应可有可无的陪伴和他人一句随口的问候。

无聊的时候自己打发时间，将心事散在酒里，有时候喝了酒胃疼也没人把你的酒拿开换成水。

你也总是会熬夜，虽然身体疲惫，但是第二天还是一个样。

你收获过许多也失去过许多，放弃过许多也错过许多；有过梦魇也有过心愿，更有过突兀的孤独。

渐渐地你才发现原来活得最漂亮的都是一个人的时候。

我想我大概是真的得了恋爱恐惧症吧。

那又如何，没有合适的人还不如一个人过。

你独立的样子看上去好难追

1.

之前看到一篇很有趣的文章，标题是《为什么现在的男人都喜欢独立的女性》。

我带着学习心态点开了标题，结果发现答案只有三个字：因为抠。

噗，一个大写的服。

所以女生太过独立真的不惹人喜欢吗？

逛天涯的时候看到这样一篇带有偏见的帖子：楼主男，吐槽现在独立的女人，她们都有自食其力的资本，可以不依附男人而活，女权主义思想更是根深蒂固，眼珠子都要长头顶上了，要是娶这样的女人了，日后哪还能hold得住。

最后还不忘温馨提醒广大男同胞们选老婆的时候一定要看清楚，当今社会离婚率高那绝对是因为女人越来越独立的关系。

当时我内心一句呵呵就漂过去了，所以当一个中国好妻子一不能太穷，二不能太有个人思想，三要会做家务照顾一家老小，四要懂得在男人面前低头哈腰。反正太有钱太独立的绝对不行，因为不好控制。

兄弟，我就问你一句话，到底是该怪现在的女人太独立了，还是怪你自己不够优秀，配不上独立的女性。如果你只是想骗个女人来给你生小孩，照顾你的下半辈子生活起居，那么反过来讲，女人凭什么要跟你结婚。

面包，你给不起，爱情，也只是画个饼。

2.

我认识很多这样独立的姑娘，高学历高收入，踩着十厘米的高跟鞋，开得起好车，回家也会给自己煲汤。在外人眼里可以用“无坚不摧”这四个字来形容她们。

可可就是这样的姑娘，她说她出生在农村，从记事起，母亲就在家里没有任何地位，辛辛苦苦做农活赚来的钱全给了父亲，父亲和奶奶还经常辱骂母亲；母亲生病，家里都不愿意掏钱去给她看病。

在这样的家庭下成长，她深知努力读书工作才是唯一摆脱贫穷，带来自由的机会。

她说，只有有钱了，在哪儿都能站得住脚，别人才会尊重你，不然一个女人根本就没有发言权，而是个受家庭支配的受害者。

身边经常有同事劝她说，女人不要太凶猛，太要强，否则会招男人不喜欢。

但是可可却无奈地说，这都是生活所迫。

可可不是没有谈过恋爱，她曾有一位相恋了好几年的男朋友，男朋友也曾许诺过她很多，可是当她的母亲病倒、事业不顺、陷入无助的时候，男朋友只会打几个电话、发几条短信简单的安慰她。

她说，林熙，当你处在最困难的时候，如果没有人能够伸出援手，那就只能逼着自己变得更加强大。

“我养你”这三个字，有时候是男人用过的最深的套路。

当你听信了这一切，满心欢喜跟了他，你面对的将是家里的大小琐事，所有的家务活，而他希望你财政方面独立，不依附于他。

要这样的爱情，有什么用。

我跟可可说，男人应当给女人安全感，无论是感情上的还是物质上的，只要是自己深爱的女人，就该努力给她想要的一切。

可可说，我不图他有多少钱，我只图他有多少心花在我身上。

是啊，有哪个女人不想做个被人疼的公主，你说她太独立了，一点都不小鸟依人，但其实你只是看到了她刚强的那一面，却未曾发现她流眼泪时的脆弱。

别再说独立的女人太强势了，哪怕她看起来一点都不可爱。如果你给过她足够的安全感，如果你试着走进她的内心，你会发现，强势只是她的保护色。

正因为对爱情失望，觉得男人都靠不住，女人才会将安全感全寄托在物质上。

3.

小莫曾在相亲的时候遇到过这样的相亲对象，男方的妈妈在相亲之前跟介绍人提出一堆择偶要求：女方收入肯定要跟我儿子一样，或者比我儿子赚得多，家庭条件要好，最好有房，最重要的是要贤惠，要会做饭，会做家务，勤俭持家。哦，对了，我儿子喜欢漂亮的，所以女方还必须漂亮。

小莫听介绍人阿姨这么一说，委婉地拒绝了这次相亲。

她跟我说，林熙，现在都什么社会了，女人又不是保姆，你找个保姆也算了，还要求长相，要求家里有钱，还要会料理家务活，你怎么不上天呢。

这都还没见面就已经一堆要求了，以后要生活在一起，还会有好日子过?

有财又有貌的女人是眼瞎了吗？不图你钱，不图你房，放着自己大好的日子不过，来给你家儿子当保姆使唤?

哦，对了，跟你讲下他家的条件，本来我还以为是哪家富家公子哥呢，问了下才知道，85年的，长相十分普通，知名外企上班，年薪也就十来万吧，没婚房，父母都已退休。

小莫又告诉我说，像这样的男人其实很多，男尊女卑的思想在他们脑子里根深蒂固。

什么男人负责赚钱，女人负责在家里貌美如花。

在直男癌的眼里，女人就应该顺着男人，被踩到脚底下。

所以，“独立女性” 在某些直男癌的眼里，变成了难以控制，娶了要后悔的女人。

4.

我身边有一对这样的情侣，女的在世界五百强公司里当骨干，男的在去年的时候跳槽，考上了公务员，拿着年薪三四十万的薪水。

女的不管在工作上还是生活上都很独立，在她单身的时候，我们曾调侃她，她已经完美到不需要男人了。

即便如此，当她遇到了一位懂她爱她，跟她在工作上一起进步的男人时，她立刻就变成了一个小女人，丝毫不见以前强势独立的样子，他们婚后的生活也过得很幸福。

我一直觉得，一段好的感情，是两个人都能够在彼此的眼里得到升华，而不是一场金钱或房产的交易。

也许每个人都曾自私地想过，要通过自己的“另一半”来完善自己的生活，男人赚钱有时候是很辛苦，但女人持家同样也不容易。

我能理解每个人的追求不同，归根结底大家出发点都是为了自己的婚姻能够幸福。

但是，真的别再误会独立的女性了，她们真的不是不需要你，她们也曾渴望过婚姻，只是当生活的重担压下来时，她们只能咬紧牙关勇敢面对。扪心自问，你有没有站在她的立场上帮她分担过？

正是各种各样的现实问题迫使当今的女性变得独立，提倡女性独立的文章也越来越多。

社会发展到现在，越来越多的女人比男人还会赚钱，她们清楚自己想要的是什么，而并不像男人口中所说的那样高傲自大，因为她们深知赚钱的辛苦，会尊重每一个劳动者。

我很欣赏能够独立的女性，她们把自己的生活都经营得有声有色，又有着自己独特的想法，敢爱敢恨，也从不会在渣男身上浪费时间。

我认为，独立的女性不是不好驾驭，只是她们更适合嫁给优秀的男人当老婆。

遇上这样的男人，请你躲远点吧

1.
图女人钱，你还有理了

有一天在知乎上看到一个热评。

凤凰男，985本科毕业，国企上班，家里给他介绍了一个女朋友。因为女方家里有车有房，该男想着结婚可以让女方出婚房，就决定接触一下。

随着一段时间的接触，该男嫌弃女朋友是三本毕业的艺术生，还嫌弃女朋友每天没日没夜地加班。

该男吐槽女朋友重要的原因是，女朋友的消费太高，出去吃饭经常要花100多块钱，虽然他们是AA制。更夸张的是，该男试探性地问女朋友，如果结婚了，女方会不会把工资卡上交给他。

我的天，是我的观念出了问题了吗？怎么感觉世界那么乱？

好，我敬你勤俭持家，认为在外吃饭消费100太浪费， 学习人家老美AA制，不过请问女方工资卡上交到底是什么鬼？

最最最夸张的来了，女朋友嘴馋买了一个70块钱的冰淇淋，该男得知价钱后，当场在大街上发飙了，两人大吵起来。最终该男说，你父母没教你不要乱花钱，我教你。也就是我脾气好，换了别的男人早打你了。

呵呵呵呵呵，女朋友花自己钱买了一个冰淇淋，值得你在大街上大吼大叫？不嫌丢人吗？

她父母怎么教她的什么时候轮到你来管了？最让我气不过的是你一个身高183cm的大汉，居然说出没打她算客气了这种话？

最后该男一本正经地问道，他应该如何选择，虽然她女朋友有很多缺点，但他确实看中了女方的婚房，他应该去改变女朋友还是选择放弃？

请你麻溜儿地放弃，我相信外面想对这位姑娘好的人多得是。

我骨子并没有看不起任何人，你可以经济条件差，也可以赚得不多，每个人都会有窘迫的时候，这是现实因素，你图女方家里的婚房，为了生存，我能理解，但并不代表支持。但我不能接受你花女人的钱，图女人的钱，还觉得自己站在了道德线上，来谴责女人，更夸张的是你居然有打女人的念头。

说真的，你简直太low了。

2.
不舍得给女朋友花钱，还整天哭穷

你有没有碰到过这样的男人，赚得比你多，但是在你面前永远哭穷，你永远不知道他的钱花去哪里了。

朋友小安和我说过：她生日的时候清晰地记得请男友吃了600元一位的法国料理，然后男友送给她一瓶35元的糖作为生日礼物，告诉她："宝宝，我前两天买了根GUCCI的皮带花了2000，最近特别穷，你别这么虚荣行不行，这个糖你大姨妈的时候吃，这样你痛的时候就可以想我了呢。"

花言巧语把你哄得一愣一愣的，但凡耳根子软的女生根本招架不住。

平时约会基本开销大头都你出，他最多给你付个奶茶钱，整天一个劲儿地跟你哭穷，却舍得往他自己身上花钱。

你一个不高兴了，他就说你物质，说你贪图虚荣，明明自己收入还算可观，可就是不愿意往你身上多花一分钱。

呵呵，明明就是一个大写的抠，还抠得理直气壮。

姑娘我告诉你，如果遇到这种男人，请让他飞上天跟太阳肩并肩，然后你大步向前走。

3.
要分手？一分一毛钱都要还！给！我！

在微博上一位叫静子的女生说：过年的时候男朋友就给她发了6.66元的红包，完了还让她回发一个给他。

情人节的时候好不容易给她发了300块钱的红包，不巧的是晚上两人吵架了，闹分手，第二天男朋友就问她把红包要了回去。

我不知道她俩最后分没分手，但是分手了还要把钱要回去，这样的做法真的只有我一个人看不下去吗？

他的心理应该是，觉得自己吃亏了，都分手了，凭什么还要发红包。他觉得这钱浪费了，应该要回来。

可谈恋爱又不是谈生意，两个人在一起都是互相付出的，还分亏不亏的？

平时舍不得给女朋友花钱也就算了，好不容易大方一次，还要因为闹分手把钱要回来？

我想对这位姑娘说，他都好意思问你把钱要回去了，你也甭客气了，反正他也不是什么省油的灯，你就把你在他身上浪费掉的青春、金钱，都好好和他算算账，看谁亏得比较多。

4.
把钱花自己身上才叫完美

后台有个粉丝和我说过，她结婚刚一年。

她家里条件比老公家要好一点，结婚的时候她家出的婚房，男方负责了装修。

她装修想装成欧式风格的，老公嫌贵，装成了简式风格。

她买家电的时候，希望买进口的，老公嫌贵，买了国产的。

她希望婚房写她自己的名字，老公不同意，说要写两个人的名字，毕竟他们家也出了装修钱。

可结婚一年来，家里的大小开销都是她在支付，连她老公身上穿的用的也全是她买的。

她父亲关节不好，她想给家里买一台按摩椅，8000多点，她找老公商量，老公非但不支持，还说买什么按摩椅，去做做盲人推拿不就好了。

可她父亲都一把年纪了，哪里受得了天天出门去按摩，她一咬牙自己掏钱给家里买了过去。

老公得知后大发雷霆，说她不知道分寸，还说她既然那么有钱，怎么不给他父母买按摩椅，平时过年过节怎么不给他父母送点高档的保健品营养品。

她觉得特别委屈，她问我：林熙，你觉得我错了吗？我就想给家里尽个孝，我平时也会给他父母买点吃的用的送过去，而他却从来都没有给我们家送过去什么。

我的天哪，你老婆给父亲买了按摩椅，你觉得浪费钱。她应该也给你父亲买一台？这是什么逻辑。

敢情你娶个老婆图她的婚房不说，还要她替你养老？你的孝心被狗吃了吗？

这么好的老婆你不好好珍惜，还要嫌她花在你身上的钱不够走心？

5.
女生为你付出是应该的

渣男普遍抓住了女生的软肋，对症下药。他们往往能够聪明地寻找到适合自己的伴侣。

而女生往往是感性的，她们容易被爱情冲昏了头脑。

经常会有粉丝跟我说：林熙，我男朋友其实对我不好，也不是很关心我，但是我们在一起这么多年了，我不想放弃这段感情。

其实这些姑娘是真的好，不停地为渣男付出，但事实呢？

那些渣男一次又一次地试探着你的底线，让你觉得所有的付出都是理所当然的。

你以为姑娘们都是傻子吗？只是因为她们比你更懂得珍惜。

愿意给你花钱的不一定爱你，但是不愿意给你花钱的一定是不爱你。

可是我怀孕了啊

1.

有时候的人啊，明知道这是火坑还要往里跳。

比如你遇到的明明是个超级大渣男——出轨，劈腿，还动手打人，把你伤得体无完肤，结果你还是要死心塌地地跟着他，图什么？

可可一边叹了口气，一边迫不及待地和我讲她朋友的爱情故事。

她的朋友叫小茜，初恋和初夜都给了同一个人，那个男人是个很有名的混混，大学辍学以后，就一直混迹于酒吧靠女人吃饭。

也许是长得帅，嘴巴讨人喜欢的原因，有许许多多的女大学生上当受骗，心甘情愿给他花钱，最后恨得咬牙切齿地离开。唯独小茜，她告诉我说，只要他不离开我，我做什么都可以。

你一定见过女生分手时去取悦、去挽留的卑微模样，但是你一定想象不到一个女生为了留住自己的爱情，所做过的各种傻事。

小茜原谅他劈腿、出轨，原谅他心情不好的时候对她的拳打脚踢，这些年她为了帮他还债，不仅白白贡献了自己的工资，还低三下四地到处去问人借钱。

小茜身边的朋友实在看不下去了，一次次地劝她提分手，但小茜都摇头。后来，小茜说她怀孕了，自己也已经26岁了，不想瞒着父母去医院打胎，她想尽快结婚把这个孩子生下来。

身边所有人都对她摇头，让她想清楚了再做打算。

可是我怀孕了啊，小茜说，都说男人一旦结了婚有了小孩后就会变得有责任心，不会再那么贪玩了，你们也别再劝我了，我不忍心离开他，更放不下肚子里的孩子。

我问可可结局呢，可可说，结局你自己猜吧，孩子现在还没打掉，快四个月了。

当一个女人在感情里不停地犯傻，毋庸置疑，她一定爱得太满，甚至是愿意拿肚子里的孩子去赌这场婚姻。

可是姑娘，你怀孕了就能理直气壮地自欺欺人了吗？你不忍心离开他，就能一次次地伤害自己吗？

别傻了，用孩子留住一个男人才是最蠢的行为。

遇到渣男并不可怕，可怕的是你发现自己根本离不开渣男。

2.

都说人一旦有了感情就窝囊得不行。

以前我是赞成这句话的，后来我发现，人一旦有了婚姻更窝囊得不行。

记得以前有个读者给我留言，说自己的老公自从结婚后就一直迷恋网络游戏，夸张到为了打游戏把工作都给辞了，家里有个一岁半的孩子，他不管不顾。有一次，她一气之下就把网线给拔了，没想到却换来老公的一巴掌。从此以后，老公就很少回家，基本上就泡在网吧里。

这几年，她为了让老公戒掉网瘾尝试过各种努力，试着让公公婆婆劝他，试着以孩子为由找他谈了很多次，可最终都以失败告终。

她说她活得很痛苦，结婚这几年天天失眠，头发大把大把地掉，虽然孩子是父母在带，但一回到家看到空荡荡的房间就止不住地落泪。

我问她，难道你没想过离婚吗？

离婚？她说，可是孩子怎么办，我不想让孩子长大后没爸爸。再说一个女人不能没有老公，没有家庭。我听说很多男人在外面都有别的女人，他还好，只是爱玩游戏……

我问，孩子从出生到现在，作为父亲，他有没有尽到过一天的义务？一个家，常年就只有你一个人在，那么这样的婚姻和丧偶有什么区别？

很多女性都喊着说要独立，可一旦步入了婚姻就窝囊得不行，老公出轨了，忍！老公不回家了，忍！老公吃喝嫖赌了，忍！

可是忍气吞声的背后换来的究竟是什么，是对方会因为同情你、怜悯你而做出些改变，还是依然对你熟视无睹，不管不顾？

所以啊，根本没有那么多的“可是”，女人真的没必要成为婚姻的牺牲品，离了婚的女人怎么了，贬值了？没有，这些都只是别人给你的定义，不要去相信这些所谓正确的价值观。

3.

其实写公众号到现在，我经常能目睹到各种感情“惨剧”。

比如有的人因为男友堕胎了三次，导致终身不育，遭到男友抛弃；比如有的人因为奉子成婚，婚后才发现老公嗜赌，挥霍光了家产；比如有的人因为男朋友私生活混乱，而染上了难以治愈的疾病；比如有的人因为老公一次次的出轨，在精神上一直备受折磨。

而这些女生大多和男生上了床，或者结了婚以后，在精神上就对男方产生了过分的依赖和信任。

在我问到，你为什么不离开他的时候，她们总能以“反驳”的姿态来回答，比如：可是我一个人在外地没有朋友只有他一个人；可是我现在怀了他的孩子，而且这些年我也离不开他；可是他答应过我会改的，不会再这样了。

很多陷入爱情的女人都矫情得不敢相信自己离开了爱的人能过得更好。于是一次次的原谅和迁就也直接导致了渣男过于猖狂，因为“犯错”的成本太低。

4.

很多文章都在强调女性一定要在经济上独立，但是我发现女性真正需要的，排在第一位的绝对是精神上的独立。

你要相信自己哪怕失恋了，明天再也听不到他的声音了，天也不会塌下来；你要相信自己哪怕离婚了，也能照顾好孩子，兼顾好工作；你要相信哪怕再爱一个人，也能全身而退，保护自己。

失去爱情，失去婚姻，这些都没有你想象中的那么可怕，可怕的是你的生活除了爱情，除了婚姻就一无所有。

你应该更加依赖自己，学会独立生存，独立思考和独立奋斗，戒掉一切不必要的依赖和玻璃心，不要再为他，为自己找借口了。

关于感情，你必须学会放手

1.

有人说，旧事物如果一直不丢掉的话，只会越来越老，慢慢被装进盒子里。你不再打开，而它存在的意义就是占去你生活里的一角，然后布满灰尘。

我有一套从外地带来的3D房屋模型，精致的构造，独特的设计，仿佛被赋予了神奇的魅力。

我曾对这组模型爱不释手，直到搬了几次家，经历了几年时光的沉淀，我发现这组模型似乎没有以前那么漂亮了，屋顶开始掉漆，屋内的摆设也像是蒙了一层灰。因为占地面积大，搬家的时候经常苦恼没有合适的地方可以摆放，最后我决定把它装进一个纸箱里，搁置到了床底下。

好几年过去了，我未曾打开过这个纸箱。

虽然它只是件破旧的装饰品，可我曾把它当宝贝一样喜欢过，如果扔掉的话，我还是会很心疼。

直到有一次，我妈打扫卫生的时候，指着床底下那个纸箱，不满地说道：你这个东西放了很久了，要不要丢掉?

我重新打开这个箱子，发现模型很多地方胶水都干了，屋顶也已经掉了，它已经不再是我以前喜欢的样子。

“妈，扔掉吧。”

2.

这事让我想起小沫的一段感情史。当时小沫爱上了一个比她小两岁的男生，爱得死去活来，以至于后来发现男方劈腿，劈腿对象还是她身边认识的朋友时，她把自己关起来哭了整整三天三夜。很多人都替小沫感到不值，纷纷咒骂这对狗男女，劝小沫赶紧振作起来，忘了这个渣男。

可小沫发现她无论怎么努力都做不到，每当夜深人静的时候，她就会想起前男友，然后心痛得不能自已，她甚至放下尊严一次次地打电话给前男友试图挽回。小沫说，她放不下这段感情，只要他能够回来，她就会原谅他。

前男友似乎并不介意身边多个女生爱他，他对小沫说，我们可以做朋友啊。

渣男之所以渣，是因为他永远都是一副吃定你的样子，却又不会对你造成的任何伤害负半点责。

身边的朋友都说小沫傻，小沫说他们不懂她的爱情。

在这段感情里，她始终忘不了两个人相遇时的美好。小沫说，他曾经不是这样的，他对我很好，也对我很照顾，我们之间连将来孩子的名字都想好了，他说过将来会娶我的。

就这样，小沫一直默默地隐忍着，只要男生还愿意跟她保持联系，她就愿意一直等，直到男生身边的女友换了一个又一个，小沫再一次陷入了绝望。

她红着眼跟我说，林熙，我爱他，我舍不得离开他，可是我不知道该怎么坚持下去了。

“可是你们已经分手了，而这份感情也已经变质了。”

可他明明还在我的身边，虽然一切都好像回不去了。

如果已经回不去了，就不要把这份感情留着变成一种负担，何不把它扔掉呢？

在小沫的心里，始终都有一个关于爱情的秘密盒子，只要一打开，那些珍藏已久的甜蜜回忆就像蛊惑人心的迷药，每回味一次，她就舍不得走开。

可不管过去再美，爱情一旦给足了失望跟背叛，就变成了一盒过期的凤梨罐头，失去了原有的甜味，倒不如扔了来得爽快。

3.

L曾经有一个很要好的闺密，两个人在同一家公司实习，喜欢整天黏在一起。

有次，我托L帮我设计一张长图，L爽快地答应了，为表示谢意，我请L出去吃饭，心想着她闺密没准会跟她一起过来。

结果那天只来了L一个人，我就打趣地问道，哟，今天怎么就你一个人啊，还以为你朋友会跟你一起来。L尴尬地笑了笑，我捕捉到了她眼底的一丝落寞。

原来事情是这样的，前阵子，L跟她的闺密说，她喜欢上了一个男生，却不知道该怎么办。于是闺密便向她要了男生的微信，说去帮她打探打探口风，之后便没了下文。

时间久了，L就发现闺密经常一个人偷偷出门，也不会再像平时那样黏她了。

L觉得闺密一定是恋爱了，但觉得她太不够仗义了，恋爱那么大的事儿好歹也吱个声啊。可让L没想到的事情发生了，闺密恋爱的对象居然就是她心仪的那个男生。

为此，她们大吵了一架，两人就此删了微信不再联系。

可在L心底，她还是很记挂这份友情，当初她们几乎天天生活在一起，比家人都亲。

她跟我说，林熙，我经常会点开她的个人微博关注她最近的生活，有时找到一张跟她的合影就会难过好久。

我一直拿她当自己最好的朋友。

如果一段友情真的走到了终点，你所做的任何挽留在她眼里都只是笑话，看吧，人家早已对你不在乎了，你又何必落了自己的面子。

4.

总有人会和我说：林熙，我和他分开了，可我还是很想他，我该怎么办。

更有痴情的人和我说：林熙，他背叛了我，我已经决心忘记他了，可他总是不经意地来找我，我忘不掉，我很痛苦。

其实你们心里早已有了答案，你们都知道他已经不属于你了，只是感情在作祟，或者更多的是一种不甘心，因为先提出离开的人是他，而你成了被抛弃的人。

如果你们真的忘不掉，那就删了他的微信，电话，照片，所有一切有可能联系上他的方式，然后拉黑关于他的一切。

就算回忆翻滚，你想他想得泣不成声，你也找不到任何联系他的方式了。

就算你再差，全世界也就你一个，总有一个人会爱你爱到舍不得你受一点委屈，舍不得你皱一次眉，舍不得你掉一滴眼泪。

既然如此，你又何必在一个不爱你的人身上丢了骄傲，丢了自我呢？

一些东西，总舍不得扔掉，结果默默在心里放了好几年，最终变成了包袱。

不开心的东西就扔了吧，不爱你的人就不要想了，不相信你的人也不要解释了。

想想这一切，没什么值得怀念的。

假如我的记忆只有七秒，我仍不想忘了你

1.

有一天晚上喝过酒以后，我躺在床上迟迟睡不着，便打开电脑，看了一部很久都没看的《海底总动员2》，里面的主角多莉，出生起便患有短期记忆丧失症。

人们常说，鱼的记忆通常只有七秒，七秒过后就不记得过去的事情，它会忘记悲伤，忘记欢喜，一切又变成新的世界。

多莉说：如果我有一天忘了你们怎么办，你们会忘记我吗？

多莉的父母很害怕多莉的失忆症会让它走丢，反复交代多莉，如果有一天它真的走丢了，它们会在它喜欢的沙子上铺满贝壳，等着它回家。

多莉最终还是走失了，它忘了回家的路，也不记得父母的样子，但是在它的心里，似乎总有一个可以停止漂泊的归宿。

它说：我坚信一定有人在找我，也许我记不清究竟要找什么人或东西，只知道不断地寻找，知道回忆起过去，并在寻找的旅途中学会接纳自己。

哪怕一路上磕磕碰碰，艰辛万苦地穿越整个太平洋，也想找寻记忆中偶尔闪现的关于家的片段。

是啊，就算一转身忘记自己说过的话，但是内心暗涌的情绪和归家的欲望却不会被翻滚的大海所淹没。

无论大海有多深幽，鱼有多健忘，它一定不会忘记那条贝壳铺就的小路，因为，那是家的方向，是心心念念想要回去的地方，是生命中最暖的怀抱。

我们永远都不会忘记你，我们知道，你也永远不会忘记我们。

2.

这让我想起了爷爷。爷爷因为身体不好，外加耳朵失聪，一直都记不住事情，隔三岔五地就问奶奶东西放哪儿了。

后来奶奶家的老房子要拆了，奶奶忙着搬家，只能把爷爷一个人丢在家里。

出门前奶奶总会跟爷爷打招呼，她怕爷爷忘了，所以每次都要唠叨上好几遍。每次只要奶奶一出门，爷爷总会漠不在乎地摇摇手，表示随你去哪儿。

奶奶刚走开不到半小时，爷爷就会把奶奶交代的事给忘了，他以为奶奶不见了，急得大街小巷地乱转，颤颤巍巍地说，老太婆找不到了。

我一天中做过最多的事就是下楼扶着爷爷去找奶奶，爷爷很倔，总说不在乎，看到我下楼，他总会板起脸，说你奶奶又不知道去哪里了，天天家也不回，死老太婆，我是不想管她了。

而这样的事情，每天都要重复很多次，前脚刚把爷爷扶回家，告诉他奶奶马上回来了，爷爷后脚就忘记了，仍旧满大街地找。

你能想象一个满头白发，耳朵失聪的老人，在小区里到处找老伴的场景吗？

我只好给奶奶打电话，她一看到爷爷就叹气地直摇头，怪他记性不好。

爷爷看到奶奶后马上赌气似的转身就走，他会说，死老太婆，别回家吃饭了。其实他知道，奶奶一定会追在他的身后和他一起回家。

后来爷爷记性变得越来越差，有点老年痴呆。

好几次我去看他，他都快不记得我了，可只要奶奶不在家，他就心急如焚地问：我老太婆不见了，你赶紧帮我去找找。

我想，在爷爷心底，奶奶一定是他唯一的挚爱，所以才会在失去的那一刻起，义无反顾地寻找对方。

就算有一天，爷爷忘记了所有人，但他一定会记得奶奶吧。

3.

读书的时候身边有一对形影不离的情侣，感情一直都很好。

有一天，男生对女生说，他要出国了，至少去五六年。

女生当场泣不成声，她紧紧拉住男生的手不肯放。

男生看了很心痛，他不想分手，更不想自私地让她等那么多年，他沉默了许久说，要么你把我忘了吧。

出国的前一天，男生收拾行李，不经意间翻到女生曾经送给他的纪念册，里面记录了两人之间三年的点点滴滴，一个大男人翻着翻着就掉泪了。

那一刻他知道，他忘不掉这个女孩，也不想放手。

男生出国那天，女生犹豫了好久，最后决定去送他，班上的人都以为他们要分手了，纷纷安慰她说不要难过。

几个月后，我看到女生在QQ空间上更新的一条动态：

为了忘记你，我做了很多事，但是每一件事都让我知道我好想你。

哪怕你和我之间隔着一个太平洋；哪怕我每天醒来的时候，你却在睡觉；哪怕我们不能像大街上来来往往的情侣那样，天天黏在一起。

但是时间告诉我，我还是忘不了你，睡觉的时候在想，读书的时候也在想。我想变得更强大，像一个可以照亮你的小太阳，我在坚持，也请你别放弃。

几年过去了，他们的情侣头像一直没换，偶尔晒出的视频、聊天记录也虐足了一帮单身狗。

最动人的爱，不是你就在我触手可及的位置，而是就算隔着十万八千里，你的名字依然深深刻在我的心里，哪怕这辈子只剩下回忆，也不想忘记。

如果忘了你这件事很难，我可不可以就不用忘了。

只要最后是你，等再久我也愿意。

4.

生命是一场永不停止的减法，我们的每一天都在逝去。

川流不息的人有那么多，而有些人的影子就像荡漾在酒杯里不肯褪去的夜色，是清晨时分醒来后沉醉在片刻宁静中想起的回忆。

哪怕生活一天天地周而复始，折腾不休，我依然会相信，人海茫茫，我最终能寻到你，而你会在红灯的那头等着我。

终其一生，我们都在寻找归宿，习惯于迷失在浩瀚如大海的都市，遇上形形色色的人，相爱，分离，许下山盟海誓。

如果有幸，我能遇到你，请不要忘记我，因为我永远都在找你。

不想很酷，只想暴富

1.

都说女人的购物欲一上来，怎么也拦不住。

同事小安是个十足的网购迷，为了双十一，可谓是狠下了血本，提前透支两个月工资，一张信用卡，再加上蚂蚁花呗，就差没去卖血。

我一脸惊恐地问：你这是要去干吗。

小安说，当然是趁着双十一的时候买买买咯。她看着购物车上密密麻麻的一列宝贝，每一个都是她想要的。

谁不想花钱花得大手大脚，把自己打扮得漂漂亮亮的。

还一次信用卡的钱就要吃上一个月的泡面，小安苦笑着说，有时淘到廉价质感又差的衣服也舍不得退。

穷的时候，连花钱都是一种痛苦。

我哥们儿小杨是个乐天派，他爱喝酒，也爱交友，喜欢时不时地就请一帮朋友去酒吧，开个卡座闹腾一夜。

他说，平时生活多无趣，工作压力又大，到了晚上当然要释放下心情。

但是潇洒的背后却是好几万的欠款，他一个月三千的薪水根本还不起，最后还是父母出面帮他还的债。

没钱喝酒玩耍的日子，他说自己就像患上了抑郁症，整天过得浑浑噩噩。

他想像《小时代》的主角那样过着无比奢华的生活，但自身赚钱的能力远远满足不了他目前的欲望。

没有钱，哪里还有什么诗与远方。

2.

有一天下楼的时候，我听到邻居家的两位阿姨在楼下聊天，聊到自己儿子的时候，纷纷叹了口气说，我儿子每个月赚的都还没我退休工资高，有时候他自己不够用，我们还要掏钱给他。

这真是件悲伤的事情，当我们以为父母老了，可以帮他们分担一点的时候，反倒是让他们瞎操心的时候，只因为我们连养活自己的能力都没有。

辛辛苦苦过了大半辈子，好不容易把你养大，还没等到享福的机会，反而要把积攒了一辈子的养老金拿出来给你。

年轻人没钱是多么可怕的一件事。

你想想看，委屈了自己不说，也委屈了陪在你身边关心你的人，女朋友想要一个Prada的钱包，你买不起；就连天冷了想给父母买套新的棉衣，你都拿不出钱。

更别提什么环游世界的梦想了，只怕你每去一个地方，都要斤斤计较花出去的每一分钱到底值不值。到最后，你非但没看到什么美景，反而更心疼人民币。

朋友隔三岔五地叫你出去浪，在上海开了个party约你嗨上一夜，不仅能让你见到自己心仪的姑娘，还能认识许许多多的新朋友。但是你所顾虑的却是，费用AA的话，去一趟要多少钱，下个月的信用卡是否还能还得出。

穷让一个人畏首畏尾，不敢大胆地去享受生活，到最后变成了一种自嘲的模式，躲避着世人的眼光。

这时候，你有多羡慕那些月入上万，拥有一份小事业，能够撑得起生活的人。

3.

那么月入上万的人都是怎么做到的呢？

我曾经看到过很多篇文章，反复在讲年轻就该任性地买买买，只因青春一去不复返。

我觉得这跟国产的爱情片一样荒谬，难道年轻的时候没堕过胎就不叫青春？所以青春就该耍流氓地去谈恋爱，然后拿着父母的钱在外面挥霍？

这什么神逻辑？

我觉得年轻的时候，就应该好好读书，对自己负责。别去想那些有的没的，酷不酷的，至少当你拼不了爹的时候，还能交出一张名牌大学的文凭。

这样以后找工作的时候，再也不是你找工作，而是工作主动找上门来让你挑，而且提供岗位的都是世界五百强，各大知名企业。你想想，这有多酷。

进了这样的单位后，要是你情商高、肯努力，还怕一个月拿不到上万的薪水吗？

就算你学习一直都不好，大专毕业，只要不贪图安逸，善于动脑，肯去闯荡，照样还不是能闷声发大财？

年纪轻轻的时候千万不要急于享乐，只要你忍得了一时，便能成功一世。把想玩的心先收起来，为了将来进得了重要的岗位，可以肆无忌惮地买买买。

你现在不肯努力学习，也不肯努力赚钱，整天只知道逃避现实，纠结那些可有可无的东西，当别人拼了命一样在为钱奋斗的时候，你却舒舒服服躺在被窝里睡大觉，你穷简直就是活该。

4.

不要在该拼的年纪吝啬于付出，要知道赚钱的速度永远跟不上花钱的速度。

最难过的是，在物欲膨胀的年代，你想买iphone X，想买笔记本电脑，想买化妆品，什么都想买，而你的口袋却养不起那些欲望。

就像你去逛商店，看中一条材质款式都不错的裙子，却在看到标价的那一刻，只好忍痛割爱地把它默默放回原位。

就像你去专柜想给自己买套好的护肤品，试用了很久却迟迟未买，一脸嫌贵的样子连自己都觉得尴尬。

就像你小时候梦想去周游世界，一旦长大，发现连辞个职都要心惊胆战好久，整天为五斗米折腰的人哪能轻易就把诗和远方挂在嘴边，空有一颗叛逆的心，却被现实打脸。

我希望你能成为一个特别酷的人，不被灯红酒绿的世界给迷惑，给得起自己想要的生活。

不要被现实打败，起来跟生活死磕到底，总有一天，你能买得起你喜欢的衣服鞋子包包，我希望你的努力配得上所有的奢侈品。

肆意挥霍的年轻人，如果省钱拯救不了你的物欲，就不要省了，想办法自给自足吧，花自己的钱才有足够的底气。

记得永远都不要偷懒，永远都不要享受安逸，安逸是毒，它会毁了你。

做一个不被物质社会淘汰的人，享受得起奢侈，也赚得到钱。

要知道面包你都有了，爱情离你还会远吗？

撒娇男人更可爱

1.

女生撒娇我们基本已经习以为常了，但是男人撒娇的时候呢?

小楠说，遇上会撒娇的男人分分钟就会缴械投降，再大的怒火想要发泄，只要他一服软，卖个萌，那就没有吵架什么事儿了，基本就能天下太平了。

不过前提是他是个男人而不是个男孩。

男人跟男孩的区别在哪儿?

男人跟男孩的差别不一定是年龄上的差距，而是格局的差距。

男孩的生活缺少规划性与独立性，生活盲目没有主见，没有经济基础，习惯于依赖父母，性格不够果断。一个男的就算30岁了，当他具备了以上特点，那他充其量也只是个老男孩，不能称之为男人。

真男人则具备绅士风度，有耐性，独立。当你遇到困难的时候他能给你讲道理，讲得也都在理；习惯倾听，不轻易帮你做决策，却能给你做好辅助；沉稳，即使有意见也会婉转地表达，不做出伤害你的言论。

所以如果一个20岁的早熟男，具备了这些品质，也能称得上是一个真男人。

如果这样的男人偶尔还能够具备“撒娇功能”的话，那么简直就是择偶的最佳标准。

2.

有个读者问我：林熙，男朋友总爱黏我，还喜欢卖萌，他是不是太幼稚了？

我问她：比如呢？

她说：他就好像个一脸胡茬儿的巨型婴儿，睡觉的时候非要抱着我才能睡，我是做老师的，有时候在家准备第二天的课件会准备得稍微晚了些，他就一直躺着玩手机不睡觉等我，我让他自己早点睡，第二天还要上班，可他还一脸委屈地看着我。

我都严重怀疑我的男朋友是不是个gay，还是我看起来特别的man？

我看完以后无奈地打了一串省略号，回答她：你是来我这儿秀恩爱的吗？

有时候男人会有两面性，在外人面前会表现得独立、沉稳，但是在自己爱的人面前就会偶尔像个孩子。

这说明他对你非常的信任，才会毫无顾忌地把自己幼稚的一面也展现给你看。

就像我们养的宠物，肚子是它们最柔软的部位，但它们有时候会躺在地上露出腹部求主人的抚摸，这个就代表了信任。男人撒娇也是一样的，他们将自己的软肋暴露给这个人，潜意识也代表了一种依赖。

如果在小事上男人适当地撒娇，生活的情调就会增加不少。难道你喜欢每天跟一个不苟言笑的霸道总裁待在一起？

毕竟，霸道总裁只适合活在言情电视剧中，如果在生活中出现的话，有几个人能在他们的冷脸中笑着活一辈子？

3.

有一段时间一个名叫《不要停！八分音符酱》的游戏很火爆，很多男性博主纷纷录制搞怪视频，当这些男人卸下包袱，捏着嗓子去模仿女性声音的时候，女生看了都表示笑得差点没气了。

所以说，有些喜剧天赋是男人与生俱来的，是女人羡慕不来的。

为什么撒娇是女人的专利，男人也可以的啊，而且男人撒娇撒得好，没有女生跑得了。

小楠说她有个怪癖，就是喜欢男朋友跟自己偶尔撒撒娇，这不仅让每次的争吵都不了了之，他们的感情也越吵越好了。

记得有一次男朋友约了小楠一起吃饭，小楠按照约好的时间到了约定见面的那个广场，漫无目的瞎逛等男友，结果时间过了30分钟，男友半点音讯都没有，小楠急了就一个电话打过去。

响了一声之后对方迅速接起了电话，然后先是一阵怪叫声：啊啊啊啊啊——我的天呐，宝宝我犯错了，我今天工作得太投入忘记了晚上要一起吃饭，你要不先在商场逛逛有没有喜欢的衣服，到时候算在我头上，嘤嘤嘤……

小楠说她当时脑子里面已经准备好了100种骂人的话，然后被男朋友一气呵成的说话方式完全打断了思路，只能从牙缝里硬生生挤出三个字：那好吧。

所以，会撒娇的男人一定能够妥善地处理好自己的感情，因为女人都很感性啊，只要你肯先服软，她就肯给你这个台阶下。

4.

也许这个时候有人会说，男人撒娇，那不就成了娘娘腔了？

但我觉得一只眼泪汪汪的大型犬是完全不会影响它的威武程度的，只会为它招来很多的粉丝。

撒娇跟man完全不冲突，只要他只对你一个人撒娇就够了。

人生漫漫路太长，我们总是说要找有趣的人在一起，但是对于有趣的定义又很广泛，其实最简单最根本的就是他能够给你带来快乐。

笑比泪多，你就是爱对了人。

一个男友力max加上只对你一个人撒娇的人，这样的反差萌才最吸引人。

找一个会撒娇的男朋友，他照顾你的时候是你爹，逗你开心的时候是你儿子，不跟你在一起的时候像个高冷男人。

起床失败？减肥失败？拖延症有毒？

1.

相信很多人都和我一样，只要有小长假，就会开始大吃大喝，通宵娱乐，晚上睡得太晚，白天又睡到下午。

坦白说，我是打心眼里佩服那些早上能闹钟一响，不赖床，上班不迟到的人。一般我会把早上的闹钟设满五个，每五分钟叫一次，然后第一个闹钟响的时候，我会告诉自己，还早，再躺一会儿吧。

第二个闹钟响的时候，再眯一会儿吧，就一会儿。

第三个闹钟响的时候，下一个闹钟响起前我一定起床！

第四个闹钟响的时候，好吧，我把头伸出来了，昏昏沉沉地对着天花板看一会儿，然后就没有然后了。

等第五个闹钟响的时候，不用怀疑，我已经迟到了。

所以，你们是不是也和我一样，在一次次挣扎中倒下，然后告诉自己，第二天一定要早起，不要再迟到。结果第二天，你又不出意外地迟到了。

2.

我身边有个朋友，去年的时候和我罗列了很多个新年计划，信誓旦旦地说，一定要做到。

比如说，她是一个伪胖子，她励志今年一定要减掉肥肉，做一个女神。

比如说，她的闺密烧得一手好菜，获得很多赞美声，她自己也想试着学做菜。

比如说，她打算做一个文青，想坚持读一些有营养的书籍，开阔自己的视野。

比如说，她报了英语补习班，想把口语提高上去，出国旅游前可以无障碍地跟老外对话。

年末的时候我约她一起吃饭，问道：去年的计划怎么样了，完成了多少。

这不是还没到年底吗？实在完不成就明年吧。话没说完，她就玩起了手机，刷起了朋友圈。

其他的我也就算了，你这减肥可喊了三年了。我看着她丝毫没有下去的体重非常无奈。

吃饱才有力气减肥，没听过啊。她理直气壮地说。转眼间，又叫了一大杯饮料，一盘宫保鸡丁。

那你的英语补习班每周还在上吗？我又问。

白天要上班，晚上要陪我朋友出去玩，哪有那么多时间噢。

你这不是浪费钱嘛，报了不去上。

她没再继续刚才的话题，默默地又吃完一盘菜。

3.

我是一个十足的夜猫子，年纪轻的时候，熬夜上网，玩游戏，这都不算什么。如今我是医院的常客，颈椎、眼睛，时不时地就会感到刺痛，不舒服。

所以每天睡觉前，我都会告诫自己，今天要早点休息，不看电脑跟手机，这样才健康。

可往往说好的10点钟睡，总会在五分钟之后拿起手机。是的，我失眠了，我需要找点音乐助眠，打开音乐后，忍不住打开微信，刷一下朋友圈，再刷一下微博，再看一眼小说。

再玩一会儿，就玩几分钟保证马上睡觉。

结果我就真的睡不着了：朋友圈那么多失眠的，好想跟他们聊几句，微博的段子真搞笑好想转发，小说真精彩，看得停不下来。

我暗自发誓，明天真的不能再这样了！

一次次的自我心理暗示之后，我会发现，我又重复了昨天的状态。

4.

如果以上的拖延症只是影响到我自己的生活状态的话，那么迟到真的是影响到了周围的所有人。

读大学的时候，我朋友家和我家住得特别近，我们就约好一起吃完早餐坐车去学校。记得在大一，我基本上能和他一起吃完早饭后赶到学校，到了大二，我去找他的时候，他已经独自一个人吃完了早饭。

到了大三，我其实是十分害怕面对他的，愧疚之余，我怕极了他会一不小心打死我这个迟到狗。

有一次，我们几个朋友约了去外面玩，我按时到了约定的地点，居然发现一个人都没到，我打电话给他们。

“啊，你到了啊，我快了，马上到。”

“我的天哪，你居然没迟到？”

“我们天天等你，你也等我一下吧。”

其实，我很想为自己辩解下，我是真的不想迟到的，只是每次出门前，我都会在电脑前多看五分钟的视频，然后对着镜子发五分钟的呆，接着纠结五分钟的着装，最后坐在鞋柜上刷五分钟的手机。等到我回过神来要马上出门的时候，发现已经来不及了。

5.

做文案工作的朋友不知道有没有和我一样的错觉，就是总觉得桌子的文件堆得不是很多，下班前肯定能完成。

早上就和同事吃着早饭各种调侃，聊聊八卦，谈谈新闻，各种聊天、刷手机。中午吃完午饭，和同事下楼买点水果，约着晒个太阳，睡个午觉，为下午的工作充足能量。

可到了下午做事的时候，明明看上去为数不多的文件，处理起来感觉却像小时候堆了一个暑假的作业那么多，结果到了下班点，发现别人都已经打卡下班，自己却还没做完。说好的不加班又一次落空了。

如果有人问我，一个人身上最可怕的毛病是什么，我会毫不犹豫地告诉你，比起这该死的拖延症，其他都算不上什么。

一个人可以胆小，可以不够聪明，可以活得不够漂亮，但是拖延症，却是阻碍一切前进步伐的恶魔。

在你拖延了半天，也逃避了半天自己想做的事情之后，别人早已比你快了好几步，朝着通往成功的道路迈进了。

那么问题来了，拖延症该怎么治？

6.

相信很多朋友都是手机不离身，微信一响，无论是在工作还是在吃饭，注意力会全都跑到手机上去，那么接下来聊个微信，刷个朋友圈信息，再看一会视频就是顺理成章的事情了。

结果呢，饭都凉了，工作做到哪忘了。其实回过神来想想，我们光花在微信上的时间，够我们平时上班处理好几份邮件了，除了那些做微商的小伙伴，很多时候我们刷微信也只是在瞎聊，打发时间而已。

该做事的时候，把手机关静音放得远远的，当完成一项工作的时候，再去查看你的手机信息，这样岂不是能够事半功倍？

7.

不知道你们是不是跟我一样，刚开始完成一项目标的时候，总是一腔热血。当给自己每天制订了N个计划后，便开始怀疑自己是不是能够做到。

也许你坚持了一天两天，到了第三天，遇到点困难，就开始各种拖延，哎呀，这完成的可能性也太小了，还是放弃吧。于是这两天的坚持成了炮灰，你还是什么都没有改变。

我相信你之所以会坚持去做这件事，那一定是因为喜欢做这件事。

如果放弃，并不是因为它遥不可及，而是因为你喜欢的程度还不够深。

多一点自信，再多一点坚持，说不定你会有意想不到的收获。

植物需要长在适合它生长的地方，人也一样，一个好的环境会让人心情舒畅。反之，在恶劣的情绪下，人的工作能力也容易受到影响。

我曾因为繁杂的工作步骤而恼火，因为客户的无理取闹而揪心，烦躁的时候什么都不想做，很想一拖再拖，结果呢，因为没有及时处理，一件很小的事情就会变得棘手。

可见若要治疗拖延症，控制情绪很重要，虽然你们可能看腻了心灵鸡汤，并且觉得一点都不酷。

但若没有正能量何来行动力，无论是在工作还是生活当中，请多给自己一点微笑。

拖延症不是病，是毒，得治。

在有限的生命里做一个有趣的人

1.

有一段时间我在云南旅游，很多人在微信里找我，要我给他们寄明信片，分享一些当地的美景。但现实情况是我一天只玩3个小时，其余的时间要么在写稿要么就在忙工作。

也许是快过年了，总是时不时的有人来向我感慨说：“工作挺累的，生活也挺无趣的，就连过年也越来越没味道了，日子是一天天地没了期待。”特别是忙碌了一整天，回到家一躺下，就感觉整个人瞬间被掏空了，饱尝内心的无趣与空虚。

阿斌在微信上和我说，他自己的那份工作又干不下去了，整天像狗一样地扫楼，累死累活的都没接到几单生意，还不如回家睡大觉。

我笑他说，“你别狗不狗的，这年头，谁赚钱不辛苦？”

最后他像往常一样结束了对话，说：“这做人，一点儿意思都没有，过年就把工作辞了。”

我想起和阿斌在大学刚认识的那年，他向我吹嘘当年要不是高考失误，他准能考上个好大学，灰心丧气的他填志愿的时候随波逐流地填了个会计专业，其实他一直想学的是法学专业。

只是“高考失利”就一直成了他逃避现实的借口，他把自己困死在了同一个地方，日复一日，也懒得再为任何事有所付出，日子也过得索然无味。

2.

以前认识一个乐手，励志要成为一名职业鼓手，但由于训练的时候太猛，把自己的肺给练炸了，很多人都劝他放弃做鼓手。可他偏不，出于对演奏的狂热，他接受了一次次的治疗，哪怕躺在床上不能打鼓的时候，他也会在脑海里编写着谱子。

出院休养后的他更是让自己闭关，把之前落下的训练丝毫不差地都补了回来，而属于他的舞台也变得越来越大了。

尼采曾说过，一个人知道自己为什么而活，就可以忍受任何一种生活。

哪怕独自在海上漂泊，也能一眼就看到迷雾中的灯塔，那一刻，再多的孤独和辛酸都变得渺小，因为眼前的光景，是那么的迷人和有趣。

而对于一个碌碌无为，青春期整天昏昏欲睡，对生活迷茫却从不屑于改变的人来说，生活实在是太无趣了。

只有吃喝拉撒睡，毫无目标与计划，看似轻松简单的生活，其实往往是最心累的，它容易让你的情绪一次又一次地跌入低谷，像是在重复做着同一天的噩梦，永远也醒不过来。

生活是面镜子，正因为你太无趣，才会过得死气沉沉，感受不到一丝快乐，而一个有趣的人哪怕在黯淡无光的岁月里，也能用自己的双手描绘出色彩斑斓的生活。

3.

我曾在大理的洱海边上看到过流浪的艺人，他们背着吉他，拨动着撩人的琴弦；也曾在厦门的马拉松赛道上看到那些挥洒汗水的运动员；身边有个同事报名参加了法语的课程，她已经是一位3岁小孩的妈妈；法国有位女画家一生都钟情于画花，她画满了家里40个房间。

日子过得无趣？厌恶每天的生活都像在复制着昨天？那就像《搏击俱乐

部》里的泰勒一样，把自己安逸得看不到希望的生活给炸了，去创造出你想要的世界。

别再对生活感到愤愤不平，你躺在床上一天，刷着手机看着泡沫剧，那种无聊的人生也是你自己亲手捏造的。

的确，活在丰衣足食的年代里，你没必要那么勤奋，但是也别毁在懒惰里，你什么都不去做，就什么都不会发生。

生活是被动的，人是主动的，一帆风顺的都是神，即便是神，那也是修炼了千万年的成果。

4.

年轻的时候我们在课堂上睡觉，会因为一场无疾而终的爱恋而葬送了光阴，以为这就是所谓青春的残酷，其实你的青春，都还没绽放过，就已经死亡。

曾看过一段视频，某家医院访问了一百名临终前的老人，要他们回想他们人生中最大的遗憾是什么，几乎全部的人回答的都是他们生前没去做过的事情。

没去冒过的险，没去追过的梦，这些成了他们这辈子都无法完成的遗憾。

有的人已经在路上了，而有的人还在将就着一份遥遥无期且看不到趣味的生活。

不要活得太畏手畏脚，别埋没了梦想，去谋杀掉那些阻碍你前进的毒瘤吧。

愿你在有限的生命里做一个有趣的人。

关于坚持，我想等等再放弃

1.

有人说：一个人将会成为怎样的人，取决于他下班后的两小时做了什么。

我一直是个比较懒散的人，在开始写这篇文章的时候，隔了很多年没写任何东西，就连心情日志都懒得写。记得大学没毕业那会儿，流行QQ空间，很多人会在里面偶尔写写日志，我也是其中一个。那时的我喜欢看书，作业本下会偷偷压一本《萌芽》，听语文老师偶尔在课堂上念我写的作文，在新概念大赛落幕，韩寒跟郭敬明已火得一塌糊涂的时候，我收获过很多赞美的声音。

我想我是热爱写作的，我有坚持过一段时间。我在每个睡不着的深夜里试图将文字转化成另一种力量，就算偶尔心情烦躁，也会对着空白文档默默敲下很多故事。

年轻的时候我有好多理想，想开咖啡店，想写书，想当画家，还想过要飞，穿梭到各个城市旅游。

2.

而如今，我的书架上积满了灰，也没了买杂志的习惯，甚至电脑上连个Word都没安装。工作很忙，生活很浮躁，经常一回家不是睡觉就是玩手机，到了周末也是静不下心来学习，好友一个微信邀约，就能在外面泡一整天。

慢慢你会发现，原本期望值过多的人生突然就变得没有了方向。

仔细一想，这几年下班后的时间，都是被浪费的。曾经想锻炼身体，跟朋友约了每天晚上去公园跑步，结果嫌天气太热就渐渐不去了；曾经想学吉他，好不容易报了名，却因为一个人学太孤单而没有上完所有的课程；曾经想好好学画画，却总被父母浇冷水就没有再坚持。

总有太多的借口跟理由，让我放下曾经坚持过的事情。那一腔热血来得太快，还没来得及信誓旦旦就已被现实击溃。也许有人会说，这都不算什么，我仍然可以过好这一生。

没错，上上班混混日子，吃吃喝喝，睡睡觉，生活也没有明确的目标，到了合适的年龄，找个差不多的人就成家，这是很多人现在的状态。

忘记了自己的初衷，忘记了想要成为什么样的人，因为选择了最轻松的活法。

也许会有人反驳，我不是没努力过，只是努力没用，你不懂。

你真的坚持了很久？有多久？你有用尽自己所有的力气去完成这目标直到世界末日吗？

坚持的确是一件很痛苦的事情，我是个完美主义者，有多少次，付出后的成果并没有达到预期的那样，心情就会变得急躁，很想逃避，很想搁一阵子，最后只好默默放弃。

因为没有人会喜欢失败，谁都想快速成功，但是成功往往需要时间跟运气。

我经常羡慕那些肯为理想拼搏，又有点成绩的人。因为在这个世界上可能再也没有比做自己喜欢的工作更幸福的事。如果好不容易喜欢做一件事，还要劝自己放弃，不是很可悲吗？

我们每个人都曾站在自己理想的起跑线上，虽然生活可能并不公平，但是每个人都付出了努力去争取属于自己的一片天。

在这个过程，没有人会知道有多艰辛，因为人们往往注重结果，而看似平淡的背后，谁又知道别人比你多付出了多少倍的心血。

要走一条跟别人都不一样的路很累，但是你真的愿意平庸地过完这一生吗？

别人都在努力的时候，你为什么要停下来？

是的，我也会面对失望

1.

你有没有过这样的体验。

在寒冷的冬天窝在床上挣扎着起床，然后开始日复一日的工作和生活，单调，乏味，最后发现一天又过去了。

在无聊的晚上约了朋友出去喝酒，点了一桌子的啤酒洋酒然后喝得烂醉，半夜各种矫情，酒醒后大脑一片空白，第二天拖着疲惫的身体去工作，透支着青春和健康。

下雨天的晚上，加班回家的路上还要堵车，城市的灯光被匆匆而过的行人踩在脚下，卸下了一天的疲惫时又发出一声叹息。

沮丧，失落，不知所措，很想找个地方躲起来，而生活中我们经常要面对各种负面情绪，比如失望。

我经常对生活感到失望。当加班加到整个大楼已经陷入睡眠，只能吃着冷掉了的外卖，无人理解的时候；当走了很远的路去看一场演唱会，结果却发现音响效果没有想象中那么完美的时候；当花了很多钱去旅行，没有收获美景却只换来一身疲惫的时候；当很想接近一个人，对方却没有任何回应的时候。

当很多个理所当然在某一天统统变得例外，生活在带来希望的同时，也充满了失望。面对这样那样的失望，人往往本能地很想逃避，对在乎的事情都假装无所谓。比如坚持了很久的事儿突然有一天就不想再继续了，选择对自己妥协，因为期望本身更像是一场赌博，不到最后一刻没人知道自己剩下的底牌是什么。

2.

人们习惯倾向于往好的一方面去想事情，因为有了希望才有行动力，当鼓起勇气的同时，其实更害怕的是面对失败时的措手不及。

是啊，我们过着小心翼翼的生活。创业怕失败，辞职怕待业，表白怕被拒。于是久而久之，我们习惯了按部就班的生活，习惯了安逸，习惯了没有杀伤力的人生。

年轻时那些叛逆的思想被现实磨得没有棱角，我们接受现实带来的平淡，就像撑起了一顶看起来很可靠的保护伞，自认为可以挡风遮雨。

有人说，希望越大，失望就越大。但是你愿意过没有期望的人生吗？就像你不再等待花会开，因为害怕花开后的枯萎；你不再伸出手去摘天上的月亮，因为它看起来遥不可及；你不再选择前行，因为前方可能是一片荒芜并无美景。

我知道失望的滋味并不好受，像是一只会嘲讽的恶魔在你耳边说：看吧，别傻了。这一重锤下来有时候让人清醒，有时候让人没了生气。我曾经受挫后对自己质疑，对生活产生一种极度厌恶的情绪，人一旦不再抬头往上看，就只能低头看着自己的脚发呆，当你无法从失望的阴影里抽离的同时，其实也擦肩错过了很多机会。

如果你对生活感到失望，请大醉一场再睡一觉，醒来后又是新的一天，虽然太阳不会从西边升起，但每个人都有重生的机会；如果你对生活感到失望，请不要忘了身边还有陪伴你的朋友、爱人、亲人，因为你是被需要的；如果你对生活感到失望，请咬咬牙忍一忍，因为熬过去的你又会变得更加强大。

就算失望，请试着在心中模拟一座灯塔。黑暗会让人迷失，让人看不清脚下的路。

如果不去试一下，谁又会知道结局如何，就算失败也不过是一场经历，万一哪天梦想真的实现了呢？

原来，你是我最想留住的幸运

1.

有一段时间，朋友圈莫名其妙被一条来自中国太平洋的结婚险给刷屏了，意思是给自己的心上人投保，如果三年后能够修成正果，保险公司将送上翻倍的结婚礼金。

放在七夕前很浪漫对不对？突然之间像是给热恋中的情侣带来了对未来无限的憧憬与希望。

而身边几个单身狗同事却不高兴了，他们说：

林熙，你真的相信保险公司会做亏本的买卖吗？我曾经也很相信爱情，相信他永远不会离开我，可如今他还是走了，没有原因，就那么走散了。

2.

身边曾有对特别不被外界看好的情侣，男方特别优秀，是个优质高富帅，而女方不仅比男方年纪要大两岁，家境也不太好。他们恋情在朋友圈曝光的时候，身边并没有多少人看好，以至于当男孩带着女孩去见身边的朋友以及家长时，周围人的态度是冷漠的。

就这样，女孩经常哭着对我说，林熙，我爱他，我不想放弃这段感情，就算大家都不看好。

而男方却因为顶不住周围施加的压力，在某一天跟女孩正式提出了分手。他的理由很简单，我们并不合适。女孩当晚收到分手的短信后就号啕大哭，她把自己关在房间里，好几天没去上班。

当很多年后，我再一次遇见女孩的时候，发现她已经结婚了，变得更自信更漂亮了。

而高富帅身边的女友一个接一个的换，却很少再看到他对待一份感情认真的样子。他跟我说，林熙，我一直都安慰自己前面还有更好的等着我，可现实是，我根本就忘不了她。

那年，女孩送他的生日礼物是一幅亲手绘制的油画画像，上面是一对牵手的情侣。他一直都没舍得取下来，只是不知道为何，有时看着看着就红了眼。

当一切都已尘埃落定，分手的两个人就再也无法干涉彼此的生活，而那些爱过的回忆像是从身体里抽离出去的灵魂，依然会留下深深的烙印。

在爱情中，我们总是特别的挑剔，希望身边的那个他是最好的，可当你犹豫着想要放手的时候，也许是给自己留下了一个巨大的遗憾。

未来的道路很长，相爱相知的人却总是难遇。

3.

我一哥们儿前不久告诉我说他分手了，刚开始的时候还整天跟我们喝酒扯淡嘻嘻哈哈的，像个没事人一样，可时间久了他开始变得萎靡不振，天天大半夜跑出去找人喝酒，一喝就到天亮。有次他喝多了跟我说：

林熙，以前我女朋友跟我闹的时候，我总是嫌麻烦直接把手机调静音了，有一次吵得凶了，分手两字就脱口而出。

没想到，真的就这样分手了，可是我却有点后悔了。

感情经不起一而再再而三的折腾，既然喜欢一个人，就不要轻易地说出“分手”两字，是要等哪天真失去了你才会懂得珍惜吗？

4.

我有个兄弟，大学时就很喜欢一个女孩，苦苦追了大半年都没放弃，后来终于在一起了。

刚开始交往的时候女孩的无理取闹，大小姐脾气他都微笑着接受了，他跟我说：

林熙，我爱她，我舍不得冲她发脾气。

可恋情发展到了第二年，女孩会肆无忌惮地当着我们一帮朋友的面冲着她的男朋友莫名其妙地发脾气，只要我兄弟不低头认错，她就绝对不会收敛。

女孩经常向我抱怨说：林熙，我觉得他不爱我了。

我问：为什么？

她说：以前只要我闹一点小情绪，他都肯让着我，可现在，他都不重视了。

他们最后一次争吵，男方并没有让着女方，而是独自叹了口气默默地挂断了电话。

冷战的时间长了，女孩便在朋友圈上删除了跟他之间所有的照片，默认了分手。

女孩会偶尔跟我打电话，说起他们之间的过往。

林熙，以前明明是他追的我， 还跟我说要和我结婚，度蜜月要去欧洲，明明一切都规划好了，可是为什么，说放手就放手了呢？

我不知道该怎么安慰她，我只知道在他们决定分手之前，我兄弟是真的用心爱过她的。

姑娘，没有一段感情可以一味地靠别人宠着你就能够走到最后，爱情需要两个人互相扶持着走下去。

我们总是这样，当幸福来的时候不停地互相伤害着，不甘被彼此磨平了棱角，可在回首的那一瞬间，才明白那个人真的就再也回不来了。

5.

在胡歌遭遇车祸后萎靡不振的那一年，正处于事业顶峰期的薛佳凝默默地放下了手中的工作，陪伴在胡歌身边不分昼夜地照顾着他。

胡歌曾在《鲁豫有约》中谈到了前女友薛佳凝，他抹了抹眼角泛出的泪光，感慨道：“她是真的很好。”

是的，在这段恋情里，他们没能走到最后。

如今的薛佳凝和胡歌鲜少同框，就像所有认真爱过却分手的人，在他们心里，也许藏着一份无法触碰的回忆和伤口。

爱的时候轰轰烈烈，可一旦轻易地放手，就开始遗憾它的结束。

某一刻，我们离爱情其实很近，却从未以正确的姿态去面对它。

总以为一旦牵手就是一辈子的事情，可惜走着走着，就失去了为你泪流满面的权利。

余生不用你指教了，我自己一个人过吧

1.

记得电影《重庆森林》里，阿武失恋后坐在便利店时说过这么一段话：

“不知道从什么时候开始，在什么东西上面都会有个日期，秋刀鱼会过期，肉罐头会过期，连保鲜纸都会过期，我开始怀疑，在这个世界上，还有什么东西是不会过期的？”

逝去的爱情就像是一朵枯萎的玫瑰，被时间剥夺了生命力。那个曾经说要一直和你在一起的人，如今还在吗？

小美说，她的前任离开她三个月了，记得刚在一起的时候，永远都是他主动找自己，找自己聊天，找自己吃饭，找自己看电影，就连睡觉前都要说上三遍晚安才肯放下手机去睡。

直到有一天，自己慢慢地被他的承诺所打动，自己爱他变得比他爱自己要多，可偏偏这个时候，他却不要自己了。

打电话的语气变得越来越不耐烦，就连在一起约会也总是心不在焉，就算自己哭闹，他的眼里永远都是责备，而无关疼爱。

我执着着过去他说过的那些话，说要和我好好在一起，我憧憬过未来，可是现实告诉我，他并没有把我规划进他的未来。

从“我养你”到那句“求求你不要烦我了”，小美难过了很久，她不明白的是为什么几乎所有的爱情都是先甜后苦。

从甜蜜到心酸，从无话不说到无话可说，眼睁睁地看着爱情一点点地消失。

2.

记得以前在微博上看到情侣第一次和最后一次聊天记录截图，很多人都在底下评论说，太扎心了。

从一开始的无事献殷勤到最后的冷漠，不禁想红着眼问一句，时间到底对爱情做了些什么？

“曾经那个看我满眼宠爱的他，如今再也不会回过头来看我一眼。”

叶子说，就像是有几百页聊天记录的人突然就离开了，你看着曾经的那些甜蜜，那些幸福，越看越觉得自己像个笑话。

嘴里一边骂着，手里删着，心里一边难受着。

这次他是真的走了，看到微信里那条需要验证好友的消息，心中仅存的那一丝侥幸也被摔得粉碎，隔着屏幕都能看得到他的无情。

叶子说，你永远也无法想象深爱过的两个人，最后却变得比陌生人还陌生，就好像从来都不曾喜欢过对方一样。

原本我们都渴望只要牵手就能走到底的爱情，奈何这个世界上有太多的意外。还未经历风雨，就已隔了一道距离。

都说最后离开的算不上是真爱。

如果爱情是奢侈品，那么反正还没拥有过真正的爱情，老天能不能把这个换点别的，我不想要了。

3.

先撩我的人是你，最后说不爱的人也是你。

朋友说，一路走来，被很多人喊过宝贝，互道晚安，也说过很多肉麻的情话，只是爱来爱去都是狗。

那个说喜欢她的男生，也对着其他女生说我爱你；那个会承诺她很多的男生，只会对她说多喝热水早点睡；那个说会照顾她的男生，从未真正花心思了解过她。

她以为自己付出了就会有结果，最后换来的只是一次次的失望。

也许人长大了就会变懒，以前很喜欢谈恋爱，觉得很有意思。现在越和人相处越觉得累，不想再为了爱情刻意讨好一个人，也不想再费尽心思去了解一个人。既然一个人舒服就一个人待着。

很多人宁愿选择被爱，也不愿意主动去爱谁，因为早已没有了竭尽全力去爱一个人的勇气。

朋友说，你看那些谈恋爱的，分的分，伤的伤，真正幸福的太少了，对的人太难寻觅，而廉价的感情却随处可见。

哪怕掏出真心又如何，最后擦干眼泪对别人逞强说一个人也可以过得很好的人还不是你。

4.

根本没有一个女生会真正喜欢自己独立坚强得像个汉子。

每个人都渴望过爱情，渴望过那个可以带来温暖的避风港，幻想能有一次浪漫的求婚，有个幸福的家。

可现实教会了我们什么，越单纯地去爱一个人，伤得最深的那个人还是你。

往往在一起的时候很甜蜜，分开了却难受得死去活来。

于是单身不想结婚的女生越来越多，一方面是因为现在的女生变得聪明了，也爱怕了。她们不再傻傻地付出身心，押上自己全部的筹码去赢一场白首不离的爱情。

先主动的永远是男人，而最后受伤的几乎都是女生。很多人的爱情走着走着就散了，谈着谈着就淡了。

他们忘了曾经说过的那些话，忘了一起走过的路，最后就连分手都没有仪式。

大概经历得越多就越明白所谓的爱情到了最后都无法保障，一个人很苦，两个人还是同样孤单。

余生，我自己一个人过吧。

下辈子，希望你早点来。

既然还幸运地活着，就要全力以赴地快乐

1.

现在的年轻人最不喜欢什么，答曰：心灵鸡汤。

一瞬间的激励和安慰不过是浮云而已，并且看起来一点都不酷。

我问了问身边那些正值叛逆期的年轻人，到底什么才算是真的酷，他们露出一副倦怠的表情告诉我，他们脸上就写着“很酷”两字。

突然间我意识到，那种一腔热血，在课本上写着“努力”两字的年代已经过去了，更多人的理想是当一条轻松自在的咸鱼。

没有那么多的野心勃勃，也没有那么多明确的目标，有的只是一颗想要虚度光阴的心。

我们会耐着性子听旁人语重心长地讲完一连串的大道理，但无动于衷；我们渴望改变，但只要一碰到失败和挫折便习惯性逃避退缩。

有那么一瞬间，当你躺在床上的时候，你似乎觉得生活已经变得不重要了，你试着坦然地去接受世俗上的失败，惆怅起生活的悲凉，看着周围过得比你好的人，有羡慕也有嫉妒。

事实上，鸡汤人人都看，美好的生活人人都向往，然而绝大部分的人还是会选择继续维持现有的生活。他们并不是因为有多满意现在的生活状态，而是没什么比“改变”，比“努力”更磨人心智的了。

我并不反对这种原地踏步的生活方式，就像日剧《四重奏》里那四个主角，他们都是没能实现梦想、从未达到人生顶峰的人，但他们很享受平淡人生带来的舒坦的咸鱼生活。

大概日子是自己过的，其中的各种酸甜苦辣也只有自己才懂吧。

2.

可是我身边有一位酒友，他简直是颓废到了一定的境界，也许是刚毕业经历了几场失败的面试，强烈的挫败感排山倒海地向他袭来。

他几乎每晚都来同一家酒吧报到，不喝到酒吧打烊就不回家，第二天带着满身酒气去实习。

我曾经帮过他，说要给他介绍份工作，他却笑了笑举着酒杯醉醺醺地说自己已经无所谓了。

他不愿意再尝试一次，他害怕失败，那是种用语言无法形容的无能为力。

他甚至觉得人生已经没有了动力，只剩下混吃等死自我麻痹，他的朋友圈开启了自我嘲笑的模式，每天都在转发毒鸡汤。

当一个人放肆地熬着夜，肯让自己身上的酒气维持到第二天，那他一定是不快乐的。

而这样消极的生活方式无疑是不健康的。

你也许会说我接下来可能要洒一波鸡汤，如人活着还是需要努力这种话题，但是我想强调的是，有时候的放弃、妥协和纵容比努力，比坚持更难熬。

你看看身边的人，很多时候他们都在压抑自己的情绪，逃避现实带来的挫折，活得像一只惊弓之鸟，表面上云淡风轻，表现得连自己的事情都毫不关心的样子，实际上只是在回避对生活的各种不满。

他们孤独、嫉妒、憎恨、自卑、软弱，一方面倔强地不肯认输，另一方面又被这些负面情绪影响心情。

他们企图以安逸化解失意，但一遍遍地妥协之后却又是周而复始的失望。这样的生活看似很酷，实际背后是无尽的空虚和绝望。

3.

范范和我说，她这一辈子最不怕折腾，怕的就是不开心。

不开心自己只拿两三千块钱的工资，不开心自己在最好的年纪里无所事事，不开心自己不够独立，喜欢依赖人，还不开心变老。

所以为了能够尽情尽兴地活着，她宁愿消耗自己大量的时间和精力来完善自我，例如，喜欢国外的文化气息就比别人提前一步考了雅思，准备出国留学；喜欢完美的身材，满是胶原蛋白的脸蛋，就克制住自己吃货的欲望还坚持每天跑步从不熬夜；喜欢口袋里有钱的生活，就忍得住寂寞肯去实践，去打拼。

并不是所有的付出都会有回报，只是所做的每一步都是为了能够更接近自己的理想生活。

其实啊，我们所有的不开心都源于对现状的不满，但是又懒得再去做挣扎，所以总是试图找各种借口来安慰自己。

所以啊，为什么我们要那么快就躺下来承认自己不行呢，撑不住的时候，你可以对自己说声“好累”，但是不要那么顺其自然地接受失败。

一蹶不振很酷吗，一辈子躺着很舒服吗？其实不然，夜深人静时，那种前途未卜的迷茫和沮丧感尤为浓重。

在我眼里，最酷的人是能给自身带来价值和快乐的人。

4.

这个世界上每天都有人经历失业、失恋，迷茫得整天都想瘫在沙发上无所事事。

记得以前一位失恋的文青红着眼睛告诉过我，为了走出失恋的阴影，她把那些晦涩又容易让人抑郁的文学作品以及音乐统统给抛弃了，选择去跳让人欢快的爵士舞，读让人振奋的书籍，重新寻找一种新的生活方式。

就算平时工作很忙，她仍然肯腾出整个双休日从宁波跑去上海学爵士舞，一是为了实现她的一个小梦想，二是为了从长期“丧”的状态中摆脱出来。

后来再见到她的时候，发现她整个人的精神面貌都发生了变化，不再是耷拉着脑袋，低着头面无表情地刷着手机，而是兴致勃勃地和我讲起最近发生的一些好玩的事情。

我相信大多数的时候，人的幸福和快乐都是可以选择的，而不是被动地接受所有命运带来的沮丧。

不要去天真地相信时间能改变一切，时间只能帮你淡忘掉一些人或情，而真正能够改变现状的还是你自己。

为什么我们非得那么拼命地去活着啊，因为欲望太多，快乐很贵。

既然还幸运地活着，就要全力以赴地快乐。

后记

用自己最舒服的方式，过随心所欲的一生

2013年的时候，我大学毕业，傲娇地拒绝了家里给我安排的工作，自诩不想过按部就班的一生。

那一年，我吃过很多苦，面试的时候被要求做两百个俯卧撑，之后三天抬不起手。天真地误入传销公司，大夏天去街边发传单。和大学的女朋友分分合合，每晚都在争吵。

那一年，我觉得人生是艰难的，我偷偷流过很多次眼泪，我反复问过我自己，如果当初听了家里的安排，去一家薪资稳定、工作轻松的公司上班，就这样混一生是不是就轻松一点，不会那么累。

那一年，我觉得所有的鸡汤与正能量都是扯淡的，读了那么多的书，听了那么多的道理，还不是过不好自己这一生。

可有人和我说，人这一生，就好像一杯糖水，你刚喝的时候并没有很甜，可你越喝，越会发现，不是糖不够甜，是糖都沉淀在了底下。

只要你足够坚持，你想要的就一定会朝着你走来。

我为此挣扎过，放弃过，被人嘲笑过，也曾自我怀疑过，我完全可以躺下来认输，向理想中的世界说再见，可我并不想成为这样的人。

我们每个人，总要经历过一些难熬的日子，才会体会到生活的美好。

我想，不经历困难，如何能体现出情怀。也许此时的你，会觉得鸡汤无

用，会觉得道理无用，也许此时的你，会觉得生活很苦，真爱难寻，你经历着狗血的爱情和痛苦的生活。

其实你不必假装坚强，因为你所经历的这些，我都懂。

可你也要明白，你永远都不是这个世界上最不幸的那位，你所经历的苦难，也许正是别人所渴望的一切。

我们都还年轻，未来可期。虽然现实总在嘲笑我们的远方与梦想，可有什么关系呢，我努力朝着我想要的生活走，即便有些许出入，可我无比满足。

2013年的时候，我刚大学毕业，我问自己，将来究竟想过什么样的生活，当时我给自己的答案是，不知道，走一步看一步吧。

2016年生日的时候，我27岁了，我问自己，将来究竟想过什么样的生活，当时我给自己的答案是，做自己想做的事，满足自己所有的梦想。

我很爱旅行，最大的梦想就是环游世界，于是从2016年开始，我经常会一个人背上行囊去远方走走。你问我，一个人旅行会孤独吗？我说，一个人旅行是狂欢。

当这本书快写完的时候，我的编辑问过我一个问题，她说，假如给你一句话，送给你的读者，你最想说什么？

我说，生命中所有遗憾的结局都是在教会你放下与成长。

好好地爱自己，用你自己最舒服的方式，过随心所欲的一生。